中国教育学会中学语文教学专业委员会专家审定

青少年经典阅读书系〔名师解读〕
QINGSHAONIAN JINGDIAN YUEDU SHUXI

JINYINDAO

金银岛
【一张扣人心弦的荒岛地形图】

〔英〕罗伯特·路易斯·斯蒂文森 ◎ 著
《青少年经典阅读书系》编委会 ◎ 主编

首都师范大学出版社
CAPITAL NORMAL UNIVERSITY PRESS

图书在版编目(CIP)数据

金银岛／《青少年经典阅读书系》编委会主编.—北京：
首都师范大学出版社,2011.11(2023年10月重印)
(青少年经典阅读书系.航海系列)
ISBN 978-7-5656-0544-4

Ⅰ.①金… Ⅱ.①青… Ⅲ.①长篇小说-英国-近代
Ⅳ.①I561.44

中国版本图书馆CIP数据核字(2011)第222651号

金 银 岛
《青少年经典阅读书系》编委会 主编

策划编辑	李佳健
首都师范大学出版社出版发行	
地　　址	北京西三环北路105号
邮　　编	100048
电　　话	68418523(总编室)　68982468(发行部)
网　　址	www.cnupn.com.cn
印　　厂	汇昌印刷(天津)有限公司
经　　销	全国新华书店发行
版　　次	2012年7月第1版
印　　次	2023年10月第7次印刷
书　　号	978-7-5656-0544-4
开　　本	710mm×1000mm　1/16
印　　张	11
字　　数	121千
定　　价	28.00元

版权所有　违者必究
如有质量问题请与出版社联系退换

总 序
Total order

　　被称为经典的作品是人类精神宝库中最灿烂的部分，是经过岁月的磨砺及时间的检验而沉淀下来的宝贵文化遗产，凝结着人类的睿智与哲思。在滔滔的历史长河里，大浪淘沙，能够留存下来的必然是精华中的精华，是闪闪发光的黄金。在浩瀚的书海中如何才能找到我们所渴望的精华——那些闪闪发光的黄金呢？唯一的办法，我想那就是去阅读经典了！

　　说起文学经典的教育和影响，我们每个人都会立刻想起我们读过的许许多多优秀的作品——那些童话、诗歌、小说、散文等，会立刻想起我们阅读时的那种美好的精神享受的过程，那种完全沉浸其中、受着作品的感染，与作品中的人物，或者有时就是与作者一起欢笑、一起悲哭、一起激愤、一起评判。读过之后，还要长时间地想着，想着……这个过程其实就是我们接受文学经典的熏陶感染的过程，接受文学教育的过程。每一部优秀的传世经典作品的背后，都站着一位杰出的人，都有一个高尚的灵魂。经常地接受他们的教育，同他们对话，他们对社会与对人生的睿智的思考、对美的不懈的追求，怎么会不点点滴滴地渗透到我们的心灵，渗透到我们的思想和感情里呢！巴金先生说："读书是在别人思想的帮助下，建立自己的思想。""品读经典似饮清露，鉴赏圣书如含甘饴。"这些话说得多么恰当，这些感

总 序
Total order

受多么美好啊！让我们展开双臂、敞开心灵，去和那些高尚的灵魂、不朽的作品去对话，交流吧，一个吸收了优秀的多元文化滋养的人，才能做到营养均衡，才能成为精神上最丰富、最健康的人。这样的人，才能有眼光，才能不怕挫折，才能一往无前，因而才有可能走在队伍的前列。

"首师经典阅读书系"给了我们一把打开智慧之门的钥匙，会让我们结识世界上许许多多优秀的作家作品，会让这个世界的许多秘密在我们面前一览无余地展开，会让我们更好地去感悟时间的纵深和历史的厚重。

来吧！让我们一起品读"经典"！

国家教育部中小学继续教育教材评审专家
中国教育学会中学语文教学专业委员会秘书长

丛书编委会

丛书策划　李佳健
　　　　　王　安
主　　编　李佳健
副 主 编　张　蕾
编　　委（排名不分先后）
　　　　　张　蕾　李佳健　安晓东　王　晶　高　欢
　　　　　徐　可　李广顺　刘　朔　欧阳丽　李秀芹
　　　　　朱秀梅　王亚翠　赵　蕾　黄秀燕　王　宁
　　　　　邱大曼　李艳玲　孙光继　李海芸

阅读导航

　　《金银岛》是斯蒂文森为他的继子写的一本少年读物，书出版之后受到各个年龄段阅读者的好评。

　　罗伯特·路易斯·斯蒂文森，英国诗人、小说家。1850年出生在苏格兰的爱丁堡，自小体弱多病。1867年，斯蒂文森在爱丁堡大学先攻读土木工程，因为健康问题，不久改学法律。1875年，他成为一名执业律师。斯蒂文森成人后，原准备继承父亲的事业当一名工程师，但他的兴趣在于文学，在大学期间他就开始给杂志撰稿。1878年，他出版了游记《内河航行》，次年又出版了《驴背旅程》，从此便笔耕不辍。1879年，他到了加利福尼亚，第二年在那里与年长他10岁的奥斯本夫人结婚。这时，斯蒂文森的肺病更加严重，迫使他带着妻子与继子劳埃德定居于美国加州。1880年，他重返苏格兰，1883年，出版了《金银岛》。故事一经发表，马上被誉为"儿童冒险故事的最佳作品"，斯蒂文森也因此著名。尽管他体弱多病，却从未中断写作。他为各种杂志写了大量散文、小说、游记和自传等，还从事诗歌和戏剧创作。但最有成就的还是他的小说。他出版的小说有《新天方夜谭》、《金银岛》、《化身博士》、《绑架》、《快乐的人们》等，都是备受读者喜欢的作品。1888年，因为健康原因，斯蒂文森同夫人前往太平洋上的萨摩亚岛。1894年，斯蒂文森在该岛上去世。

　　《金银岛》这个故事是斯蒂文森在度假期间，给他的继子画了一个金银岛的地图，并加以奇妙的想象而创作出来的。这本书的特点是情节变化万千，紧紧扣着读者的心弦。书中描写一个叫吉姆的少年，从一个海盗那里偶然得到一张埋藏巨额财富的荒岛地形图。岛上的宝藏属于大海盗弗林特，虽然他死了，但他的海盗同党还在，这伙人都在觊觎弗林特的宝藏。这事引起了当地乡绅特里罗尼先生的兴趣。为了找到这笔财富，他们驾驶了一艘三桅船去荒岛探险。不料，船上混入了一伙海盗，他们在独腿西尔弗的策划下，妄图夺下三桅船，独吞这笔财富。吉姆在无意中得知了这一消息，他配合特里罗尼先生同海盗们展开了英勇机智的斗争，最后，终于战胜了海盗，找到了宝藏。

这本书并不是只靠情节出奇制胜，更重要的是这些情节里面反映出的人生哲理。小说的名字是《金银岛》，但是它告诉读者最宝贵的不是金银，而是人性的爱和正义感。本书的中心人物是吉姆，他对人友好，善恶分明，在夺宝斗争中激发了他的机智和勇敢，最终取得了胜利。吉姆的对立面西尔弗，也是个性格鲜明的角色，他也可以说是有计谋有胆量的人，但是他走的是罪恶之路，所以最终被人们唾弃。

本书问世后，不仅深受少年儿童喜爱，成年人也同样难以抗拒它的魔力。美国的拉斯维加斯等地还在以各种形式演绎了《金银岛》的小说情节，2002 年，好莱坞更是推出了《金银岛》的"30 世纪太空冒险版"卡通版《宝藏星球》，在世界各地引爆了又一轮《金银岛》热潮。

目录

第一章　陌生的投宿者 / 1

第二章　几桩神秘事件 / 6

第三章　大木箱的秘密 / 15

第四章　到布里斯托尔去 / 19

第五章　航行 / 23

第六章　苹果桶边的阴谋 / 32

第七章　对策 / 37

第八章　岸上的冒险 / 42

第九章　与世隔绝的岛上人 / 51

第十章　弃船 / 58

第十一章　小划子上的逃脱之路 / 63

第十二章　第一天战斗 / 67

第十三章　守护小寨子 / 72

第十四章　谈判和转攻 / 79

第十五章　我的海上奇遇由此开始 / 89

第十六章　巡航的小艇 / 98

目录

第十七章　降下骷髅旗 / 103

第十八章　和伊斯莱尔·汉兹伙计的短暂相处 / 108

第十九章　重回寨子 / 115

第二十章　身陷敌人阵营 / 120

第二十一章　黑券再次出现 / 128

第二十二章　一诺千金 / 135

第二十三章　特殊的指针 / 142

第二十四章　猎宝遇到树丛中的人声 / 148

第二十五章　西尔弗被迫垮台 / 154

第二十六章　尾声 / 160

第一章 陌生的投宿者

"本葆海军上将"旅店住进了一个神秘的船长。他使"我"疑团重重……

在乡绅特里罗尼、利弗西医生和其他乡绅们从我这儿知道了宝藏的事以后,我就被要求毫不保留地写下有关宝岛的全部详情,但是我没有写宝岛的具体方位,因为那里的宝藏还没被挖出来。

思绪将我带回了过去。那是公元 17 年,当年我父亲开了一家名叫"本葆海军上将"的旅店。当时,有个棕色皮肤、脸上带刀疤的老船长,住进了我们店里。

我还清晰地记得他来投宿时的样子。他身材高大、魁梧,有着栗色的皮肤,脸上有一道弯刀留下的刀疤,黏糊糊的辫子耷拉到肩膀上。身上穿着脏兮兮的蓝外套,粗糙的双手疤痕累累,指甲乌青而残缺不全。他身后有辆小推车,上面放着航海用的大木箱。他径自吹着口哨,环顾着小海湾。唱一支日后也经常被人们唱起的古老的水手歌谣:

　　　　十五个汉子扒上了死人箱,
　　　　——哟——嗬——嗬,
　　　　再来朗姆酒一大瓶!

2　金银岛

那高亢、苍老的嗓音，仿佛是起锚时众人合唱出的破调门。接着，他用一根木棍子重重地敲门，粗声大气地喊着要来一杯朗姆酒。酒送到后，他一面品味着，一面还继续打量着四周的峭壁，抬头审视我们的招牌，像个鉴定家似的。

"这个小海湾很便利，"他开口说道，"而且酒店的位置也很不错。客人多吗，伙计？"

我父亲告诉他，客人非常少。

"真不错，"他说，"这正是我要找的好住处。过来，伙计。"他冲着推手推车的人喊，"把车子靠边儿，帮我把箱子搬进来，我要在这儿住上一小段儿。"接着他又说，"我是个简朴的人，有朗姆酒、熏肉和鸡蛋就可以。你们该怎么称呼我呢？干脆，你们就叫我船长吧。至于钱，瞧——瞧这儿！噢，用光了告诉我。"说完，他把三四枚金币抛在了门槛上。说话时的神情像个发号施令的指挥官。

说实话，虽然他破衣烂衫，言语粗鲁，却一点儿也不像个在桅杆前干活的水手，倒像个惯于发号施令的大副或船长。那个推车的人告诉我们，这人是那天早晨被邮车送到"乔治王"旅店门前的，在那儿，这人打听了沿岸的小旅店。之所以最后挑中我们家，是这儿被描绘得很僻静，而且名声也不错。

白天他会带着一架黄铜望远镜在小海湾一带转悠，要不就在峭壁上游荡；到了晚上就坐在客房火炉旁的角落里，拼命地灌兑了水的朗姆酒。大多数时候，别人和他说话他都不理睬，只是猛然抬头瞪人一眼，像吹雾角似的哼一下鼻子。

每天，当他巡游回来时，他都会问有没有船员路过。每当某个船员到"本葆海军上将"旅店来投宿时，他总会在进餐前先透过门帘窥探一番。一旦有一个这样的人在里面，他必定会像只耗子似的不做声。起初，我们以为他是在寻找伙伴，后来才明白他是想避开他们。

有一天，他忽然把我拉到一边，对我说，只要我帮他留神一个"独腿水手"，每月月初他就会付给我一枚四便士的银币。可是每当月初，我向他申请报酬时，他总是对我嗤之以鼻，还恶狠狠地瞪着我。不过，不到一周，他便会给我那四便士，同时重申他要我监视"独腿水手"的命令。

这个命令搅得我坐立不安。"独腿水手"经常出现在我的梦里，露出各种各样怪异的表情，有时还会连跑带跳地追赶我，吓得我常常半夜醒来。总之，为那每月的四便士，我付出了相当昂贵的代价。

但是梦境的恐惧，远远比不上人们对船长的恐惧。有几个晚上，在他喝了过量的朗姆酒后，就坐下来唱他那些邪恶、古老、粗野的水手歌曲；有时他会嚷着轮流干杯，还逼着那些战战兢兢的房客听他讲故事，或者和他一起合唱。声音大得连房子都震动起来了。人们迫于对他的恐惧，全都加入到这歌声里来。他们一个比一个唱得响亮，生怕被他斥责。因为他在发酒疯的时候，委实是个世间少有的恶霸：他会猛敲桌子，喝令大家肃静；也会大发雷霆，责怪大家没有好好听他的故事；他甚至不允许任何人走出店门，直到他摇摇晃晃地回房睡觉为止。

至于他讲的那些故事，净是些有关绞刑、走木板、海上风暴的吓人故事，或是干托吐加群岛与拉丁美洲大陆一带的野蛮风俗之类。他的故事，他的语气，使我们这些淳朴的乡下人感到震惊。我的父亲总说有这样的旅客，人们迟早会不堪忍受暴虐和害怕的滋味而离开，顾客也迟早会绝迹。可我倒觉得这不见得是坏事——人们虽然当时被吓得魂飞魄散，但过后回想起来，还觉得挺有意思呢——对于宁静的乡村生活来说，这难道不是上好的兴奋剂吗？甚至有一群年轻人崇拜他,称他是"货真价实的船员"、"真正的老水手"。还说正是因为有他这样的人,英格兰才称雄海上。

然而从钱的方面讲,对我们却是极其不利的。这个人住了这么长时间,他预付的那些钱早已用光了,而我们却从不敢跟他提钱的事。因为每每提及此事,他就会用咆哮的声音哼着鼻子,把我可怜的父亲吓得退出房门。我相信,这种敢怒而不敢言的心情大大加速了父亲的早逝。

自从船长住进我们的店里,除了从一个货郎那里买过几双袜子外,他在衣着方面始终没有什么改变。他的三角帽的一角耷拉下来,而他也任由它那么耷拉着。他的外套破烂不堪,我曾看见他躲在房间里把它补了又补。他从不写信,也不曾收到过任何一封信。他也从不和邻居以外的任何人说话,即使和他们交谈,也大多是在喝酒的时候。至于那个航海用的大木箱,我们谁也没见他打开过。

气焰嚣张的他也碰过一次钉子,那是在我父亲的病情每况愈下的时候。

一个傍晚,利弗西医生来为我父亲诊断。医生干净利落,发套上搽着雪白的发粉,眼睛炯炯有神,举止风度翩翩。同那些肤浅的乡下人,特别是同那个邋遢的船长,形成了鲜明的对比。

突然,他——也就是那个船长——开始唱起了他常唱的那个歌儿:

十五个汉子扒上了死人箱,

——哟——嗬——嗬,

再来朗姆酒一大瓶!

酗酒和恶魔使其余的人都丧了命

——哟——嗬——嗬,

再来朗姆酒一大瓶！

起初，我以为"死人箱"大概就是放在他楼上的那只大箱子，而当这想法又和我恶梦中的"独腿水手"搅和到了一块儿的时候，我更加害怕了。不过，我们大家对于那支歌谣早已不大在意了。但是第一次听到这歌谣的医生对此却毫无好感。他很生气地抬头瞪了船长一眼，然后继续同花匠老泰勒谈论治疗风湿病的新方法。

而此时的船长却越唱越来劲儿，最后他用手狠狠地拍了拍面前的桌子——意思是让大家安静。四周立刻悄然无声，只有利弗西医生依然在大声地说话。船长盯着他瞅了一会儿，又拍了一遍桌子，更为严厉地瞪着他。最后用恶狠狠、低沉的声音咒骂起来："安静，都不许说话！"

"你是在同我讲话吗，先生？"医生问道。

那个恶汉说"正是"，同时夹着一声恶毒的诅咒。

"我只对你说一件事，先生。"医生说，"如果你继续酗酒的话，这世上将很快减少一个十足的恶棍！"

老家伙怒不可遏。他跳了起来，掏出并打开了一把水手用的折叠式小刀，左右掂量着，好像是在恐吓医生。

医生岿然不动。他转过头来，用坚定而又平静的语气说："如果你不立刻将刀子送回你的口袋，我敢以名誉担保，你将在下一次的巡回审判中被绞死。"

接着，他们对视了一会儿，但是船长很快就败下阵来。他放下武器，退回到座位上，嘴里说着什么，像只挨了打的狗。

"现在，你听着，先生，"医生继续说道，"我不仅仅是个医生，我还是一名地方法官。既然现在我知道在我的辖区内有你这么个人物，我将会时时刻刻地盯着你。如果我听到一句对你的控告，哪怕只是像今晚这样的一次无礼，我都将逮捕你。别不多言。"

第二章

几桩神秘事件

几桩怪事之后,船长也一命呜呼了。他带走了一个惊天的秘密,到底是什么秘密呢?

<small>预先设疑的手法,吸引读者继续阅读。</small>

此后好几个晚上,船长都比较老实。这件事过去不久,就接二连三地发生了几件怪事。这些怪事使我们摆脱掉了船长,却未摆脱掉他给我们带来的麻烦。

那是个寒冷的冬天,严霜覆地,暴风不断。我可怜的父亲恐怕没有多少希望再看到来年的春天了。他一天天地衰弱下去,我和母亲只得挑起了经营旅店的全副担子,忙得不可开交,也再无心留意那位令人不快的客人了。

那是一月的一个清晨,寒风凛冽,滴水成冰。船长比往常起得要早,到海边去了。他的帽子歪戴在头上,胳膊底下夹着黄铜望远镜,一把短刀在肥大的衣服下晃悠着。他一路走着,嘴里哈出的气好像烟雾般缭绕。在转过一块岩石时,我还听见他气愤地哼了一下鼻子——好像还在对利弗西医生耿耿于怀似的。

那会儿,母亲在楼上陪着父亲,我正往餐桌上摆放船

第二章 | 几桩神秘事件

长的早餐。这时，客厅的门打开了，一个陌生人走了进来。他面色苍白，左手少了两个手指头。虽然他也带着把水手用的短刀，但看上去却不像个好斗的人。这个人使我难以判断——他不像个水手，然而身上却带着海上的气息。

> 与其说他带有"海上的气息"，不如说是那种令人不安的海盗气息。

当我正要去取他所要的朗姆酒的时候，这个人在餐桌旁坐下来，打手势要我过去。"唉，这张餐桌是我朋友比尔的吗？"他问道，目光里不怀好意。

"不，先生，这是给'船长'的。"

"比尔也可能被称作'船长'。他的脸上有一道疤，嗜酒如命。为了叫你相信，我可以告诉你，你们的'船长'脸上也有道刀疤，而且是在右半边脸上。噢，现在我问你，我的同伴比尔是住在这所房子里吧？"

我告诉他，船长散步去了。

"上哪儿了，孩子？他走的是哪条路？"

我把那块大岩石指给他看，又跟他说一些其他的关于船长的情况。

于是，这个陌生人就一直守候在旅店的门边，就像猫在等耗子出现似的。

> 比喻句。形容陌生人谨慎又热切的态度。

船长终于回来了，陌生人立刻拉着我一起藏到门后面。为了让门把我俩都遮住，他让我站到了他身后。当我注意到陌生人自己也相当恐惧时，我的恐惧更是有增无减。他擦了擦短刀的柄，又活动了一下鞘里的刀身，还不断地咽口水，就好像有什么东西卡在他喉咙里似的。

> 表现了他的紧张不安。

8　金银岛

> 径直：表示直接向某处前进，不绕道。说明船长对其他的东西丝毫不关心。

终于，船长大步走进来，砰的一声关上门，**径直**向他的早餐走过去。

"比尔。"陌生人叫道。

船长蓦地转过身来，面向我们。突然，他的脸色刷地变了，连鼻子都青了——就像大白天见了鬼。而当我看到他在刹那间变得既苍老又衰弱的时候，倒觉得他有些可怜。

"'黑狗'！"船长说。

"是我，"陌生人回答说，"我来看老船友比尔来了。自从我失去了两根手指后，你我都经历了许多事情。"他举起了他那只残废的手。

"既然你找到了我，那你说吧，有何贵干？"船长说。

"黑狗"吩咐我去端朗姆酒。等我回来的时候，他们已经坐在餐桌的旁边。

"黑狗"命令我出去，同时让房门开着。于是，我退回到酒柜后面去。

很长一段时间，尽管我竭力地听，却什么也听不清。后来，两个人的嗓门提高了些，我才听出那么一两句，其中多半是船长的咒骂。

"不，不，到此为止吧！"船长叫着，"如果要上绞架，就统统都上，这就是我的话。"

> 排比句。说明当时场面异常混乱。

接着就是一连串的咒骂，<u>还有其他响声——椅子、桌子翻倒的声音，金属的撞击声，痛苦的嘶喊声</u>。紧接着，我看见"黑狗"左肩流着血拼命地逃窜，船长在其

第二章｜几桩神秘事件　9

后穷追不舍，两个人都拿着短刀。就在门口，船长给了那个亡命徒有力的一刀。要不是我们"本葆海军上将"的大招牌挡着，一准儿会把他的脊梁骨劈下来。

"黑狗"受了伤，却显示出非凡的脚力来。不到半分钟，就消失在小山后面。

"吉姆，"船长回到屋子里大声叫道，"拿瓶酒来！看来，我是应该离开这地方了。"当他说这话的时候，身体有点儿摇晃。

我跑去取酒，但这一切使我心烦意乱，我都不小心撞在酒桶上。我还没来得及站稳，就听到"咚"的一声巨响。我跑去一看，只见船长直挺挺地躺在地板上。

听到巨响，母亲也从楼上跑下来。看到这一切，她急得直嚷嚷："天哪，我们店里竟然出了这样的倒霉事！你可怜的爸爸还在病着！"

这时，我们都没了主意。我拿酒试着往他的喉咙里灌，但是他牙关紧咬。正好这时利弗西医生走了进来，我们才松一口气。

经过利弗西医生的诊断，这家伙是中风。医生吩咐我拿个盆来。当我把盆取来时，医生已经把船长的衣袖撕裂，露出一条肌肉发达的粗大膀子。前臂上有好几处清晰地刺着"一路顺风"、"比尔·彭斯万事如意"等刺青，近肩头处则刺着一座绞架，上面吊着一个人。

利弗西医生为船长放了好多血，船长才慢慢地睁开了眼睛。他先是认出了医生，不高兴地皱了皱眉，然后又把目光投向我，似乎放心了些。但是，他又突然面色

"本葆海军上将"旅店真是多事之秋。

在几百年前，欧洲人通常用"放血"的方法治疗一些心脑血管以及眩晕等病症，用以暂时缓解病情。

10　金银岛

大变,一边挣扎着要起来,一边喊道:"'黑狗'在哪儿?"

"这儿没什么'黑狗'。"医生说,"你中了风,是我把你从坟墓里拖了出来。现在,彭斯先生——"

"我不叫彭斯。"他打断道。

"我不管。我认识一个海盗姓彭斯,这样称呼你省事。"医生回答说,"你要再酗酒,就会送命的。来,使把劲儿站起来,我扶你回到床上去。"

我们俩费了很大的力气,才把他扶到了楼上。他的脑袋颓然靠在枕头上,好像又要昏迷过去了。

然后,医生拉着我的胳膊去看我的父亲。

傍午时分,我去给船长送药的时候,看见他仍然躺在床上,看上去身体虚弱但精神却异常亢奋。他让我给他拿一小杯酒来。

"吉姆,你瞧,我现在完全垮了。去给我拿点儿酒来,好不好?"船长央求道。

"医生说——"我刚张开口。

"别提那些笨蛋,"他开始破口大骂起来,"他们对海员了解多少?我曾经在非常炎热的地方待过,在那里,我的同伴们得了黄热病一个接一个地倒下去了;地震的时候,陆地就像海浪一样上下翻滚——那个混蛋医生怎么知道世界上还有这样的地方。告诉你,我是靠酒来过活的,酒是我的朋友,也是我的老婆。要是我现在喝不上朗姆酒,就像一条被风浪掀翻后漂到岸上的破船。你别信那个医生的,吉姆,你看,我的手指抖得有

这一通长篇大论说明了船长异常激动的情绪和虚弱躯体间矛盾的交织状态。

比喻句。强调酒就如同他的生命。

多厉害。要是我一口酒也喝不上，吉姆，我会得恐惧症的。要是我得了恐惧症，我就会做害人的事，会搅得死人也不得安生。你的医生也说过一杯酒对我不碍事，只要给我一小杯酒我会付给你一个金基尼哩，吉姆。"

他越说越兴奋，我担心这会惊动需要静养的父亲。于是我说："我可以给你弄一杯，我也不要你的小费，只要你将欠我父亲的钱还清就够了。"

当我把酒拿给他时，他贪婪地一把夺过去，一饮而尽。

"啊，啊，"他说，"这会儿好多了。伙计，那医生说我要在这破床上躺多久？"

"至少一个星期。"我说。

"一个星期？"他叫道，"那可不成！他们会给我送黑券来的。那帮蠢货正在四处打听我的下落，我得再次把他们甩掉，让他们扑个空。吉姆，你今天有没有看见那个船员？"

"你是说'黑狗'？"我问道。

"是，"他说，"他是个穷凶极恶的人，但是派他来的人更坏。他们的目标就是我那只航海用的旧箱子，万一他们给我下了黑券而我跑不掉的话，你就赶快骑马去找那个医生，让他调集所有的人马，把老弗林特那一帮人一网打尽。我曾经是老弗林特的大副，在萨凡纳，他临死时告诉了我那个地方的确切位置，所以他们要追杀我。但是你先别去报官，除非他们给我送黑券来，或者你看到'黑狗'又来了，再或是那个'独腿水手'——这个人，你

> 在这里并不解释黑券是什么意思，而是在下文中才加以说明，这也是一种写作手法，这样写也可以令读者在开始的疑惑中加深印象。

要特别提防。"

"什么是'黑券'呢?"我问道。

"一种通牒。要是他们送来了,我会告诉你。你只要细心些就行了。吉姆,将来,我同你平分宝藏,我说话算话。"他前言不搭后语地说了一小会儿,声音渐渐微弱下来。

<u>我赶紧给他吃了药,吃过药后他像个孩子似的嘟囔着:"从来没有一个水手需要吃药,我真没用。"</u>最后,他昏昏沉沉地睡去,我才得以脱身走开。我感到很害怕,想着是不是该把这一切告诉医生,但我又担心船长会因我知道了他的秘密而杀人灭口。

> 说明此刻的船长异常虚弱,以及对这种状况的百般无奈。

正当我左右为难时,我的父亲这天傍晚时分突然去世了。我异常悲痛,需要处理葬礼的一些事情,我已经没有时间来想船长的事情了。

<u>事情就这样过去了,直到葬礼后一个多雾、严寒的下午。</u>大约三点多钟,我伤感地在门口站了一会儿。这时,我看见有个人正慢慢地沿着大路向这边走来。他显然是个瞎子,因为他正用拐杖敲着路面探路,一个大绿罩子遮住了他的眼睛和鼻子。他弓着身子,穿一件很大的、带着个风帽的旧航海斗篷,这使他看上去格外怪异。他在旅店前停了下来,怪声怪调地向空中长叹道:"哪个好心人愿意告诉这可怜的瞎子,我现在在这个镇子的什么地方?"

> 萧索的环境衬托着主人公伤感的情绪。

"你现在是在'本葆海军上将'旅店前,在黑冈湾。"我说。

第二章 | 几桩神秘事件　13

"我听见了一个声音，"他说，"一位少年的声音。好心的年轻朋友，你可愿意把你的手给我，带我到店里去？"

我伸出一只手，那个瞎眼的家伙立刻紧紧地抓住了它。我大吃一惊，拼命地挣扎，但是那个瞎子一下子把我拖到他身边。他命令我带他去见船长，否则就会拧断我的胳膊。

> 一系列异常的激烈动作显示着来者不善。

我从来没有听见过像这样狠毒而冷酷的声音，于是被迫答应了他。可是，我知道此时船长正喝得头昏脑胀呢！

我照着瞎子的指示，带他到船长的屋子里，声音颤抖地喊了一声船长。

可怜的船长抬起头来朝这边瞥了一眼，他的酒意顿时全无。那脸上的表情与其说是恐惧，倒不如说是垂死的病容。他挣扎着想站起来，但明显力不从心。

> 船长明显又受到了一次打击。

"比尔，你就坐在原来的地方吧。"瞎子说，"虽然我看不见，但连一根针掉到地上我都能听见。咱们公事公办，伸出你的右手。孩子，捉住他的右手腕，把他带到我这边来。"

按照瞎子的意思我把船长带了过来。瞎子把一件东西放到船长的手上，船长立刻握住了它。

"现在，完事了。"瞎子说完就突然放开我，以令人难以置信的敏捷窜出了客厅，到了路上。我呆呆地站在那里，听到他的棍子笃笃地探路的声音越来越远了。

> 瞎子的动作迅捷，表现了他心中对船长的敬畏，显然这船长已是行将就木。

我和船长半天才缓过神来。我松开了船长的手腕子，而他抽回了那只手，迅速地看了看掌心。

"十点！"他叫道，"还有六个钟头，我们可以利用这段时间摆脱他们。"说着他霍地站起来，可是还没站稳，身子就晃了一下。一只手扼住自己的脖子，然后发出一阵奇怪的声音，倒在了地上。

我赶紧跑过去，同时把我的母亲喊来。但是再快也无济于事了，船长已经一命呜呼了。说来也许难以理解：我从来就不喜欢这个人，可是看到他死了，却泪如泉涌。失去父亲的悲伤还在我心头萦绕，船长又离我们而去了。

> 身边接连两个人离世，对于从未经历过这些的年轻人来说，的确不好受。

第三章 大木箱的秘密

> 原来，箱子里有张老海盗弗林特留下的藏宝图——所有的亡命之徒正是为此而来。

船长死后，我把自己所知道的一切都告诉了母亲。我们立刻意识到我们的处境非常危险。但是不知道如何处置船长的遗物。我和母亲去向村民求救，可是没有一个人愿意帮助我们，只派了个年轻人骑上马去医生那里寻求武装援助。于是我们只好战战兢兢地待在家里，从死去的船长身上拿出钥匙，打开了他带在身边的大木箱。箱子里充斥着浓烈的烟草和柏油味儿，里面是些杂七杂八的东西。母亲执意拿走了她应得的金币，而我顺手拿走了看似贵重的油布包。

然后，我们就摸索着下楼，把蜡烛留在了空箱子旁。我们开门赶紧逃——再不跑可就晚了。屋外的一层薄雾正好掩护我们逃跑，可是不一会儿，我们就进入月光照亮的地带了。此时，我们听到了身后有脚步声，回头一看，一丝摇曳的亮光正在迅速地冲过来。

母亲不忍心拖累我，要我快跑。我不愿意扔下母亲一个人跑，便急中生智——那时我们正经过一座桥，我就设法拖着母亲躲进了桥洞，母亲却无法完全容身，因为桥洞实在是太低了。

我没法待在桥下，就爬回了岸上，躲在一丛金雀花的后面。从那里，我可以远远地望到我家门前的大路。我的好奇心压倒了恐惧感。

我刚占好这个位置，敌人就出现了。他们一共有七八个人，正沿着大路拼命跑来，脚步杂沓不齐。尽管有薄雾，我还是依稀看见了，其中有一位正是那个瞎子。

他们跑到我家门前，那个瞎子迫不及待地发布了命令："把门撞开，冲进去！"

于是，我看见那群强盗把我家翻了个底朝天。找不到想要的东西，他们很生气，几个人开始争吵。

正当他们激烈地争吵的时候，从小村子那边的山顶上传来疾驰的马蹄声。几乎同时，从篱笆那边传出一声枪响。这显然是最危险的信号，因为海盗们立即就转身朝四面八方跑去。不到半分钟的时间，除瞎子外一个都不见了——他们抛弃了他，任他在后面气急败坏地喊着救命。

此时，马蹄声越过了山顶，四五个骑手在月光下进入了我的视线，他们全速冲下了斜坡。这时，瞎子才发现他的错误，尖叫着转身直奔水沟，结果摔得滚了好远。当他努力爬起来，再次试图逃跑的时候，一不小心落在了离他最近的马蹄下。四只马蹄从他身上践踏而过，瞎子当场毙命。

看到这儿我一跃而起，向骑手们欢呼，他们被这意外情况吓得半死，急忙勒住了马。这时，我看清了来人，最后面的一个正是从村子出发去找利弗西医生的小伙子，其余的都是税务官员。原来督税官丹斯获知基特海口出现了一只帆船，就向我们这边赶来了，而那机警的小伙子又在路上遇到了他们。也多亏他们到来，否则我和母亲必死无疑。

当税务官员一行人赶到海湾时,逃走的海盗们已经驾着单桅船绕过海岬消失了。这一趟他们也没白来,我把事情的经过告诉了长官丹斯先生,并随他一起来到了乡绅特里罗尼家里,找到了利弗西医生,将我从船长箱子里找到的油布包交给了他。这让他们格外高兴,因为这就是有名的江洋大盗弗林特遗留下的藏宝图。

油布包里的文件,有几个地方用顶针代替封蜡密封了起来。医生小心翼翼地打开了密封,里面是一张岛屿的地图,上面标着纬度、经度、山丘、港湾和入口处的名称。凡是船只能安全靠岸的地点,都做了标记。该岛长约九英里、宽约五英里,形状就像一条站立着的肥龙,有两个被陆地环抱的避风良港,岛的中部有一座小山,标明为"望远镜山"。图上有几处日期较近的附注,特别醒目的是三个用红墨水标注的十字——两个在岛的北部,一个在西南;而且,在西南部的那个十字旁边,用同样的红墨水写着:大部宝藏在此。笔迹细小清秀。

翻到背面,同样的字迹写下了进一步的说明:

望远镜山肩上一大树,指向东北偏北。

骷髅岛东南东,再向东十英尺。

银条在北部的藏所,你可以在东边小圆丘的斜坡下找到它,正对着黑屋南十英寻处。

武器很容易找到,在北部入水口小岬北面的沙丘中,方位是东偏北四分之一处。

杰·弗

文字说明到此为止,乡绅和利弗西医生欣喜若狂。

"利弗西,"乡绅说,"快快结束你那可怜的行医生涯吧!明天我们就动身去布里斯托尔。只要三周的时间——不，两周——不，十天——我们就会拥有最好的船只，以及英格兰精选出来的拔尖船员。吉姆·霍金斯（我的全名）来做船上的侍应生，你一定会是个出色的侍应生；利弗西是随船医生；我算是司令。我们将带上雷卓斯、乔埃斯和亨特。我们会一路顺风，不费吹灰之力便找到地点，而财源紧接着就滚滚而来了。"

"特里罗尼，"医生说，"我愿与你同行，而且我可以打保票，吉姆也会去，并且会为这项事业尽自己的一份力量。我只担心一个人。"

"谁？"乡绅叫道，"说出这个混账，先生！"

"你！"医生答道，"因为你管不住你的舌头。要知道，我们并不是唯一知道这个秘密的人。我敢说，刚刚袭击旅店的这帮家伙还没走远。这些人都铁定了心要得到那笔钱。所以，我建议在出海之前，我们中的任何人都不得单独外出。在此期间，我和吉姆要厮守在一处；你骑马去布里斯托尔时，要带上乔埃斯和亨特。最重要的是，我们中任何一人都不许泄露半点口风。"

"利弗西，"乡绅答道，"你说得对，我将守口如瓶。"

第四章 到布里斯托尔去

一切已经准备就绪,"我们"即将到一个鲜为人知的小岛上去挖宝藏了!

利弗西医生得去伦敦另找个医生来接替他的业务,乡绅则在布里斯托尔紧张地忙碌着,而我仍住在乡绅的府第上,在猪场看守人老雷卓斯的照管下,我几乎像个犯人,但是脑子里装满了航海的梦想和关于陌生岛屿与探险的最迷人的设想。

时间就这样一周周过去了。我们为出海做准备的时间比乡绅预想的要长些,并且,我们最初的计划一项也没有实施。直到有一天,收到了一封写给利弗西医生的信,附注说:"如本人不在,可由汤姆·雷卓斯或小霍金斯拆阅。"遵照这个指示,我们拆开了信。

亲爱的利弗西:

由于我不知道你是在我的府第还是仍在伦敦,我将这封信一式两份,分寄两处。

船已买到并整装待发。你想象不出这漂亮的双桅船有多美,它叫伊斯班袅拉号,有两百吨重。我是通过我的老朋友布兰德利得到它的,布兰德利本人发现了伊斯班袅拉号,并且聪明地廉价购买了他。他真是个大好人,在我这件事上出了大力。在布里斯托尔，关于我们这次航行目的的风声刚一传开，每个人就都乐于为我效劳。

到现在为止，还没遇到什么麻烦。让我忧虑的只是船员班子的问题。我想我们需要整整二十个人——为了防备土人、海盗，或是可恨的法国人。可是我只找到六七个。

但是有一天，惊人的好运送来了一个我求之不得的人。

他是个老水手，开了家酒馆，布里斯托尔所有吃海上饭的人都认识他。他在陆地上反而把身体给搞坏了，很想找个在船上当厨子的差事，重新回到海上。据说他那天一瘸一拐地来到这里，只是想闻闻海盐的味儿。

我听了大为感动，立即安排他做船上的厨子。人们叫他高个子约翰·西尔弗。他少了一条腿，是在豪克上将麾下为祖国效力的时候失去的。

认识西尔弗，我本以为仅仅是找到了个厨子，但实际上我找到的是整整一个船员班子。在短短的几天内，西尔弗和我就集合到了一伙最坚忍的老船员。我敢说，我们敌得过一艘战舰。

高个子约翰甚至从我已安排好的六七个人中剔除掉了两个，他说，那类毫无经验的嫩手是要不得的。

眼下，我的身体非常好，吃饭像牛一样，只是在正式出发之前，我太兴奋了！所以，现在，利弗西，赶快来吧，管它什么宝藏，壮丽的大海太美了！

让小霍金斯马上去看望他的母亲，并跟她告别，让雷卓斯陪他去，然后你们就全速赶到布里斯托尔。

约翰·特里罗尼

又及：我还没来得及跟你提布兰德利，他说我们要是八月底还没返回来的话，他会派一艘船去寻找我们。他给我们找来了一个出色的船长。高个子约翰·西尔弗又找到了个相当有能力的人来担任大副，这人叫埃罗。利弗西，我选定三个会吹哨子发号施令的水手做水手长，将来在这条伊斯班袅拉号船上，一切都会同军舰上一样。西尔弗是个有钱的人。我从得来的信息中了解到，他在银行开了户头，而且从没透支过。他让妻子留下来经营小酒店。由于他妻子是个黑人女子，若让像你我这样的老光棍来猜测，使他重新去漂泊的原因，除健康因素外，老婆也许是另一方面原因。

再及：霍金斯可以同他的母亲待上一个晚上。

约·特

这封信带给我的兴奋难以言表，我乐坏了。

第二天早上，雷卓斯和我步行前往"本葆海军上将"旅店，我的母亲身体和精神都很好。乡绅已派人把所有的东西修复好了，酒吧间和招牌都重新油漆过，还添了些新家具；并且给我母亲找来了一个男孩当学徒，以便我走后她不缺帮手。

当我要远航的时候，我过多地想到了自己即将面临的危险，却忽略了我即将离开的家；现在，我看到这个笨手笨脚的、就要代替我留在母亲身边的学徒时，我的泪水忽地涌上来。

第二天午饭后，雷卓斯和我步行上路了。我辞别了母亲和自我出生以来一直居住的小海湾，还有亲爱的老"本葆海军上将"旅店。我又想到了船长，想起他的三角帽，他脸颊上的刀疤，还有他的旧黄铜望远镜。

黄昏时分，我们在"乔治王"旅馆附近的荒地上搭乘了邮车。我被夹在雷卓斯和一个肥胖的老绅士中间。车走得很快，更深露重，我一上车就哈欠连连，不一会儿就睡得像头猪似的。直到车子停在城里的一座大房子前才醒来，这时天早已亮了。

我们到了布里斯托尔。

特里罗尼先生已选定船坞下方的一家旅馆作为落脚地，以便监督船上的工作。我们就向那里走去。沿途看到了许多国家装备不同的船只，令我大开眼界。几只船上，水手们一边干活儿，一边唱歌；还有几只船上，水手们爬到了我头顶的桅杆上。尽管我一直生活在海边，却从未离海这么近过。我看到了形形色色的船头雕饰，它们都曾经出海远洋；我还看到许多老水手，他们戴着耳环，蓄着胡子，摇晃地迈着水手步。即便让我看到同样多的国王和大主教，我也不会这样开心。

现在，连我也要去航海了！乘一艘纵帆船，船上的水手长会用角笛传令，水手都会唱歌。行到一个鲜为人知的小岛上去挖宝藏，这是多么有诱惑力的事啊！

正当我沉浸在美梦中时，我们已经来到了一座大旅馆的门前，在这里，我见到了特里罗尼乡绅，他打扮得像个海军军官，面带微笑地走来。一面走一面刻意地模仿着水手的步态。

"你们来啦，"他叫道，"医生昨晚从伦敦回来了。好极了！船上的人齐了！"

"噢，先生，"我叫道，"我们什么时候起航？"

"明天！"他说，"我们明天就起航！"

第五章 航行

"我们"终于起航了。似乎一切都非常顺利，然而，事实上并非如此……

吃过早饭后，我按照乡绅给的地址给约翰·西尔弗送一张便条去。他是个高个子，左腿齐大腿根被锯掉了，左腋下架着个拐杖，但行动起来却一点儿也不显得笨拙。他长得也很壮，相貌平常，但是笑容可掬。

说实话，当我从信中第一次知道这个人的时候起，我就隐隐约约觉得他很可能就是我奉命留意的那个"独腿水手"。但是一看见这个人，便彻底消除了我的疑虑。我见过船长、"黑狗"，还有瞎子皮乌，而这位整洁而又和气的掌柜和他们完全不是一类人。

"您是西尔弗先生吗？"我胆怯地问道。

"正是。什么事，孩子？"他说。刚问完，他发现了我手里的信，又说："哦，我知道了，你是新来的侍应生。"说完，他亲切地握紧我的双手。

就在这时，坐得较远的一个顾客突然站起来朝门外走，他慌张的动作引起了我的注意。我认出来了，他正

> 看来这位西尔弗一定有过复杂的经历。

> 这个第一感觉准不准确呢？只有日后才知道了。

> "黑狗"自然不会善罢甘休。

是那个"黑狗"。

尽管我大喊了几声"抓住他",西尔弗先生马上派人出去追,但是这个恶棍仍然逃脱了。

"你说他叫什么?是干什么的?"过了一会儿,西尔弗问我。

"他是个海盗,乡绅先生没有把那帮海盗的事告诉你吗?"我回答道。

> 真是一位天才的戏剧家!这岂能是一个涉世不深的孩子能猜透的?

"海盗?天哪!伙计们,我的店里竟然有这种混蛋!"西尔弗一边说着,一边拄着拐杖在店堂里跳来跳去,时而拍拍桌子,那种气愤的样子连警察也不会多疑。我注视着这位厨子的一举一动,但他的城府之深,绝不是我这个孩子能看得透的。

"听我说,霍金斯,这件事让我十分为难,我不知道乡绅先生如何想?一个江洋大盗竟然坐在我的店里喝酒!而我,又让他眼睁睁地逃掉了!"西尔弗接着说,"甚至——包括我的酒钱!"说完,他竟然放声大笑起来。

> 他对一个初次见面的孩子为什么会如此热情。

不过,这段小插曲并没有影响我对西尔弗的好印象。当我们漫步在回码头去的路上时,他表现出非常有趣的样子。他把各种不同的船只一一指给我看,并向我讲解船上正在进行的工作:有的正在卸货,有的正在装货,有的马上就要出海。每隔一阵,他总要给我讲一个关于船或水手的小趣闻,或是重复一个海上的俚语,直到我完全学会了它。我觉得他真是个出海航行的好伙伴。

第五章 | 航 行

当我们到旅店的时候，乡绅和利弗西医生正坐在一起，刚刚互相劝饮，喝掉一夸脱啤酒，此时，正准备着到船上去检查准备工作的进度。

伊斯班袅拉号停泊在一段水程以外，因此，我们必须要从许多船只船头的雕饰下面过去，或是绕过它们的船尾。在我们上船之后，我们遇到了大副埃罗先生——一个戴着耳环的斜眼老水手。此后，我们见到了船长斯莫列特先生，他会毫不留情地指出船员的错误。这是个严肃的人，看得出，乡绅很讨厌他，或者说是憎恨他。

在船长斯莫列特先生的指挥下，船上的布置有了新的变化。原先在主舱房后部的六个铺位被移到了船尾；而这套舱房只通过舷窗旁的一条木板与厨房和前甲板相连。起初安排的是船长、埃罗先生、亨特、乔埃斯、医生和乡绅使用这六个铺位。后来，其中两张给了我和雷卓斯，埃罗先生和船长则睡在舱梯旁的甲板上。那块地方已经被加宽了，几乎可以把它叫一个后甲板舱。虽然它还是很低矮，不过足够挂两个吊床了。看来大副对这种安排也十分满意。可能他对船员们也有所怀疑，但这只是一种猜测。

那晚，我们通宵忙碌着，将物品装舱归位，同时还要接待乡绅的朋友们。像布兰德利等人，他们坐划子到大船上来祝他一帆风顺，平安返航。到了黎明时分，水手吹响了他的角笛，全体船员都站在绞盘杠前整齐待命时，我已经疲惫不堪了。不过，无论多累，我也不愿意离开甲板。简短的命令、尖厉的哨声，以及在朦胧的灯光

> 看得出，这位船长不那么讨人喜欢，那么他究竟是个怎样的人呢？

> 因为目前的一切都令"我"太新鲜和兴奋了。

下工作的人们——对我来说，一切都是那么新奇、有趣。

"喂，'大叉烧'，给我们唱个歌吧！"一个声音喊道。

"来个老调。"另一个喊道。

"来吧，伙计们。"高个子约翰应道。只见他拄着拐杖，立刻昂头唱起了那支我非常熟悉的歌：

十五个汉子扒上了死人箱——

接着，全体船员跟着合唱起来：

哟——嗬——嗬，
再来朗姆酒一大瓶！

在第三声"嗬"出口时，他们一齐转动了面前的绞盘杠。

熟悉的歌声立刻让我想起"本葆海军上将"旅店，我似乎又听到了船长的声音。

因为旅店里那位船长引发了这整个故事。

船起锚了，风鼓满船帆，两边的陆地和船只飞快地向后退去。还没等我舒舒服服地躺下来睡觉，伊斯班袅拉号已经开始了驶向宝岛的航程。

船的性能良好，水手们尽职尽责，船长业务也很精通，所以航行很顺利，只是发生了几件不愉快的事。

也就是说，探险的旅途必然不会那么一帆风顺。

埃罗先生的表现比船长早先担心的还要糟糕。出海一两天以后，他开始醉眼蒙眬、两颊通红地出现在甲板上，舌头不听使唤，言语含混不清，他常常被喝令回到舱里去。偶尔他也能清醒，只有那时他才能勉勉强强地干上一两天活儿。他在水手们中间毫无威信,他们根本不把他放在眼里。

与此同时,我们也搞不懂他从哪儿弄来的酒,这始终是一个谜。无论我们怎样监视他,还是无法揭开这个秘密。我们当面质问他时,他要是喝了酒,就只是大笑;要是还清醒,就发誓说,他向来滴酒不沾。

<u>作为一名大副,他完全不中用,这在船上的影响也不好。因此,在一个漆黑的夜晚,当他一头栽到海里完全消失时,没有人感到惊讶或是难过。</u>只是没了大副,我们必须从船员中间提拔一个人。水手长乔布·安德森是最合格的人选,尽管他名义上仍然是水手长,但是他却承担了大副的职责;特里罗尼先生是有航海经验的人,他的经验使他成为一个极其有用的人,所以在天气好的时候,他往往亲自值班瞭望;舵手伊斯莱尔·汉兹,是个细心、老练而足智多谋的水手,几乎任何事情都可以信任他。

伊斯莱尔·汉兹是高个子约翰·西尔弗的至交。至于西尔弗——水手们都管他叫"大叉烧"。

在船上,他用绳子把拐杖套在脖子上,以使双手能够自由活动。做饭时,他用拐杖顶住舱壁的缝儿,用来支撑住自己。不管船身如何颠簸,他都像在陆地上一样稳当。如果你看见他在风浪大作的时候如何在甲板上走来走去,一定会更加惊异。在距离最宽的空当,他装配了两根绳索供他攀扶,大伙儿把这叫"大叉烧的耳环"。他扶着绳索从一个地方走到另一个地方,时而使用拐

> 在苍茫的大海上,生命是如此脆弱,甚至没有引起他的同类更多关注。

> 叉烧:烤肉的一种方法,把腌渍后的瘦猪肉挂在特制叉子上,放入炉内烧烤。

杖，时而把它挂在绳索上放在背后，动作之快，不亚于正常人。然而，以前和他一起航海的人都纷纷叹息，说他大不如从前了。

"'大叉烧'是个不同寻常的人，"舵手对我说，"他在年轻的时候受过很好的教育，高兴的时候他所讲的不比书本上差。而且他很勇敢，我就曾经看到过他赤手空拳跟四个人格斗，并把他们的头撞到一块儿。"

> 西尔弗如此和蔼可亲，和前文船长的表现大不相同。

所有的船员都尊敬他，甚至服从他。他和每个人都谈得来，每个人都很感激他，他对我也很好。那个厨房被他收拾得非常整洁，盘子都被他擦得锃亮。在一个角落里，他用笼子养着一只鹦鹉。

"来，霍金斯，"他会这样说，"来听约翰讲个故事吧。没人比你更让人喜欢了，我的孩子。这是'弗林特船长'——我管我的鹦鹉叫'弗林特船长'，按那有名的海盗起的名字。你瞧，它正预示我们航行的成功哩。是不是，船长？"

> 里亚尔：部分国家的货币名称和单位。

那只鹦鹉快嘴快舌地叫起来："八个里亚尔！八个里亚尔！八个里亚尔！"它的声嘶力竭令人惊奇。

西尔弗又说："这只鸟可能有两百岁了——它们多半寿命都很长。除了魔鬼，谁也不会比它看到过更多伤天害理的事。它曾经跟着英格兰那个海盗一起出海。它到过非洲的马达加斯加、印度的马拉巴，还有南美洲的苏里南、北美的普罗维登斯。它见过打捞失事沉船的场面。就是在那儿，它学会了'八个里亚尔'。这并不稀奇，因为当时捞起了三十五万枚——每枚值八个里亚尔的西班牙银币。还有，'印度总督号'在果阿被强攻时，它也在场。你还会以为它是个雏鸟吗？你已经闻过火药味了——是不是，船长？"

雏（chú）鸟：幼小的鸟。

"准备转向。"鹦鹉尖叫道。

在此期间，乡绅和斯莫列特船长的关系仍然相当紧张。乡绅毫不掩饰地表露出自己的情绪，船长则非问不答。就是答话也是简短而且生硬，不多说一个字。当他被逼问得无话可说时，他就会承认他太偏激了，说不少水手眼疾手快，非常合格。至于这艘船，他更是彻底地爱上了它。

乡绅和船长两个子然不同性格的人，矛盾会不会激化呢？

"它驾驶起来是那么的得心应手，无可挑剔，即使是一个做丈夫的也不可能要求自己的妻子更听话了。不过，我只是想说，事情还得等着瞧。我对此次航行不是很看好。"船长说道。

一听到这个，乡绅就会气得背过脸去，在甲板上走来走去，下巴翘上了天。

"他要再这么唠叨的话，"他说，"我就要气炸了。"

夸张的说法，形容异常气愤。

我们碰到过一些坏天气，但那恰好验证了伊斯班袅拉号的质量。船上的每个人看来都很满意，因为他们生活自由，常常能以一丁点儿理由就饮双份的酒。还有，只要乡绅听说这天是某人的生日，就会有肉和馒头吃。此外，平时还会有一大桶苹果打开来放在上甲板的中部，谁爱吃就自己去拿好了。

"从没听说这么做会带来好处。"船长对利弗西医生说，"放纵手下，招致灾难，这是我的信条。"

难道船长先生是个天生的悲观主义者吗？

但是，那桶苹果确实带来了好处。要是没有它，我们就不会得到警报，很可能遭遇叛贼的毒手。

事情是这样的：

越过赤道前，我们尽量利用有利的信风把船送到我们的目的地。现在，船正在驶向那个海岛——我们不分昼夜急切地瞭望着。只剩下至多一天的路程了，说不定今天夜里，最迟第二天中午以前，我们就会看到宝岛了。我们的航向是西南，微风徐徐地吹着舷侧。海面平静无浪，伊斯班袅拉号平稳地前进。一切都很顺利，每个人都精神饱满，因为我们现在已经能够望见胜利的曙光了。

当时，太阳刚刚落下，我干完了所有的工作，正想回我的铺位，忽然想吃一个苹果。于是，我跑上了甲板。值班员正全神贯注地注视着前方是否有岛屿出现，掌舵的人一边看风使舵，一边悠闲地吹着口哨，船上安静得除了海水拍打船头和船舷的咻咻声外，那就是唯一的声音了。

苹果桶快空了，我只能跳进去拿，一进去才发现里面一个苹果也不剩了。坐在黑暗中，加上船身的微微晃动，我慢慢地迷糊了。突然，一个大个子"扑通"一声靠着桶坐下来。由于他的肩膀靠在桶上，桶身摇晃起来。我正想跳出去，这个人开始讲话了，是西尔弗的声音。

> 看风使舵，又作"见风转舵"，通常用它的引申义，比喻跟着情势转变方向（贬义）。而这里却用它的本义。

情境赏析

本章描述了出发前以及初航的情况，介绍了船上的主要成员。且花费较多笔墨介绍了人见人爱的西尔弗——"大叉烧"先生，和不讨大多数人喜欢的船长。两人性格、行为方式反差极大，且船长似乎是个天生的悲观主义者，他对这次航行没什么好感，还总是说些打击大家兴头的话。这些都为下文埋下一个重要的伏笔，事情发展将会令人大吃一惊。

名家点评

《金银岛》是斯蒂文森的成名作、代表作，也是新浪漫主义文学的典范之作。

——鲁迅

第六章

苹果桶边的阴谋

在苹果桶里,"我"偷听到了西尔弗的谈话,这让"我"恐惧到了极点。

"不,不是我,"西尔弗说,"弗林特才是船长,我只是掌舵的。在一次舷炮齐轰的时候,我失去了这条腿,老皮乌失去了他的眼睛。一个技艺精湛的外科医生给我做了截肢手术,但是,他也跟其余的人一样,像条狗似的被吊死在科尔索炮台晒干了。那是罗伯特的部下,他们的毛病出在老给船换名儿:今天叫一个,明天叫一个。照我说,一条船叫什么,就让它一直叫那个名字好了。'卡散德拉'号就是这样,在殷格兰船长拿下了'印度总督号'后,它把我们从马拉巴全部送回家;弗林特的那艘老船也是这样,我看见它几乎被鲜血染红,但也差点儿被金子压沉。"

"啊!"另一个声音叫道。那是船上最年轻的水手,声音里充满了敬佩之情,"那个弗林特真是人中俊杰哩!"

我蜷伏在苹果桶里面,战战兢兢地听着,恐惧和好奇都达到了顶点。因为从开头的几句话中,我就明白了——船上所有诚实的人的性命都系于我一人身上了。

"人们说戴维斯也是个人物,"西尔弗说,"我从来没跟过他一起出海。我先是跟殷格兰,然后跟弗林特,这就是我的经历。如今,殷格兰的手下都到哪里去了，我不知道。弗林特的手下呢，他们大部分在这条船上，这次，可以算是我单干了。我从殷格兰那里稳稳当当地赚了九百镑存上了，后来又从弗林特那里得了两千镑。对一个在桅杆前干活儿的人来说，这已经不坏了——全都稳稳当当地存在银行里。单靠会挣钱还不行，还要节俭聚财，你要明白这一点。瞎了眼的老皮乌（瞎子的名字）实在应该害臊，他曾像个国会里的王公，曾在一年里就花掉了一千二百镑。不过，他现在已经死了！但是在两年前，这个人经常挨饿。他乞讨、偷窃，还杀人，就这么着他还要挨饿！真见鬼！"

"看来，干这行没有什么出路。"年轻的水手说。

"对傻瓜们来说是没太大出路，"西尔弗叫道，"但是你还年轻，而且聪明伶俐，我觉得你像个男子汉。"

你可以想象得到，当我听到这个老恶棍用奉承我的话去奉承另一个人时，我是怎样的感觉。我想，要是可能的话，我会穿过这木桶杀了他。但是，我想继续听他还会说些什么，所以我没那么做。

"靠运气的家伙们就是这样，他们用冒着被绞死的危险赚来的钱疯狂吃喝。每次航行结束，他们口袋里成百的钢镚儿就会换成成百上千的金币。等到钱花完，他们又两手空空地回到海上。我可不这么累，我会把钱都分开存起来，这儿一些，那儿一些，每一处都不太多，以免引起怀疑。我今年五十了，这次返航回去，我就风风光光地做个绅士。在海上太受罪了。哦，你知道我是怎样起家的吗？最初也是当一个普通水手，像你现在一样！"

"可是，"另一个说，"你其余的钱财不是都要丢掉了吗？要知道，从此以后，你再也不敢在布里斯托尔露面了。你的钱不是都藏在那儿了吗？"

"是的，"西尔弗说，"当我们起锚时，钱是在那儿；但如今，我的老婆已经把它们全取出来了。而'望远镜'酒店也出兑了,连同租约、商誉和全部设施。我老婆也离开了那儿,等着同我会面。我可以告诉你在哪儿,因为我信得过你。"

"那么你信得过你的老婆吗?"另一个问。

"靠运气的那些家伙,"厨子答道,"他们之间通常毫无信用可言,你要明白这一点。不过我自有办法,谁要想算计我,那就别想和我活在同一个世界上。过去有些人怕皮乌,有些人怕弗林特,但是弗林特他本人怕我。不是我吹牛,弗林特手下那帮粗野的水手,就连魔鬼也不敢跟他们一起出海。可我当舵手的时候,他们见了我比绵羊还听话。啊,等到老约翰在船上当了家,这一点就会得到证实。"

"约翰,"小伙子答道,"与你谈话之前,我一点儿都不喜欢这行当,但是现在,我渐渐喜欢上了这个行当,咱们握一下手吧!"

"你真是个有胆量的小伙儿!"西尔弗一边答,一边热情地跟他握手,以至于这整个木桶都摇晃起来。

我渐渐明白了他们所说的一些黑话。所谓的"靠运气的家伙",很明显,就是指普通的海盗。而刚刚那小小的一幕,不过是拉拢一名老实的水手,诱他入伙罢了。

很快,我发现事情还不是那么简单,因为西尔弗轻轻地吹了个口哨,第三个人晃荡了过来,坐在这两人的旁边。

"狄克是我们的人。"西尔弗对那个人说。

"我明白,"这是舵手伊斯莱尔·汉兹的声音,"但是,'大叉烧',我们还要多久才能离开这该死的垃圾船?斯莫列特船长让我受够了,我再也不愿意听他使唤了,这个挨雷劈的!我想进到那个特等舱里去,我想要他们的泡菜和葡萄酒!"

"伊斯莱尔,"西尔弗说道,"你听我说,行动之前,你还是要住在前舱，还得勤奋工作。你得委婉说话，还要节制饮酒。明白吗，我的孩子？"

"好啦，我知道了，"舵手愤愤不平地说道，"那咱们几时下手？"

"好吧，"西尔弗说道，"现在让我来告诉你，能推迟到什么时候，就尽量推迟。那个斯莫列特船长技术高超，他驾驶这艘船，对我们非常有利。等乡绅和医生把宝藏找到，帮咱们运上船，我们就有好戏看啦。如果顺利的话，我还要让斯莫列特船长把我们带到返程的途中再下手。"

"咱们不就是海员？难道咱们不会驾船？"狄克问道。

"咱们只是沿固定航道前进的水手，谁会确定航道？这事你们干不了。按我的意思，我要斯莫列特船长在返程途中至少把我们带进信风带，那样咱们才不至于走错方向。等钱财一搬上船，我就在岛上解决了他们。你们真是急功近利、毫无远见的家伙！不要急功近利，想想看，每天有多少大船被剿灭了？又有多少英雄好汉被吊死在杜克刑场，在日头下晒成鱼干儿？"西尔弗叫道，"而所有这一切都是因为急躁。我真倒霉，竟和你们这种人一道航行！"

"大家都知道你像牧师一样能说会道，约翰，但是其他人中也有能卷帆掌舵和你一样能干的。"伊斯莱尔说，"而且他们还懂得及时行乐！"

"是吗？"西尔弗说，"可他们如今在哪里呢？皮乌？这个叫花子早死了。弗林特？他也死了。啊，跟他们做伴的确带劲儿，可是，如今他们在哪儿呢？"

"但是，"狄克问道，"不管怎样，到那边后我们怎么对付他们呢？"

"这才是我的伙伴啊！"厨子满脸笑容地说道，"这就是我所说的麻烦事。唔，你想怎样处置他们呢？把他们放逐到荒岛上？那是殷格兰的方式。或者把他们像剁猪肉似的剁了？那是弗林特或比尔·彭斯的做法。我是个宽容的人，但是这次情况严峻，必须公事公办，伙计，我主张处死他们。当我日后进了国会、坐着四轮马车的时候，我可不想那个在特等舱里耍嘴皮子的家伙意外地出现，像魔鬼作祈祷似的令人大吃一惊！"

"约翰，"副水手长叫道，"你真能干！"

"当你亲眼见了，更会佩服得五体投地。"西尔弗说。"我只有一个要求：把特里罗尼交给我。我要亲手把他的肉脑袋从身子上拧掉。狄克！"他停了一下说，"你起来，可爱的孩子，给我拿个苹果，润润嗓子。"

我当时是多么的恐惧！要是我还有力气的话，我会跳出去逃命，但是我的四肢早已都不听使唤了。

我听到狄克正要站起来，又有人把他拉住了，接着是汉兹的声音："噢，算啦，别吃这种垃圾货。约翰，让我们来杯酒吧。"

"狄克，"西尔弗说，"我信得过你。记着，在那小桶上我有个量杯。这是钥匙，你倒一小杯，端上来。"

我大吃一惊，忽然想到埃罗先生的朗姆酒一定就是这样弄来的，那酒毁了他。

狄克刚走开，伊斯莱尔就把嘴凑到厨子的耳朵上说话。我只模模糊糊地听到他说："他们中再没有人想加入了。"如此看来，船上还有忠实可靠的人。

狄克回来了，他们三个人一个接一个地端起杯子喝起来。

就在这时，一道光亮射进桶内，照到了我身上，照得后桅的顶部银光闪闪，前桅帆的顶上也白花花的。原来是月亮已经升起来了，几乎与此同时，观望的水手兴奋地喊了起来："陆地——嗬！"

第七章 对策

"我"一定要把西尔弗的阴谋告诉医生和乡绅。那么面对即将到来的危险,"我们"到底是怎样应对的呢?

甲板上顿时响起一阵杂乱的脚步声。人们都从特等舱和水手舱里跑出来。我纵身蹦出苹果桶,迅速钻到了前樯帆的下面,又转身到了船尾,及时地跑到了开阔的甲板上。而我,还没从先前那可怕的恐惧中缓过神来,仍像在梦中。

所有的水手都已聚集在那里。月亮一出,雾气就渐渐散去了。在西南方远处,我们看到了大约两英里外的两座小山,其中的一座后面还矗立着较高的一座山,峰顶云雾缭绕。这三座山的外形全都是尖尖的圆锥形。

"喂,伙计们,"船长说,这时所有的帆脚索都已扣紧,"你们中有谁曾经见过前面的这块陆地?"

"我见过,"西尔弗说,"以前我在一艘商船上当厨子的时候,我在那儿汲过水。"

"我想锚地应该在南面那个小岛的后面吧?"船长问道。

"是,阁下。那地方叫骷髅岛,是海盗经常出没的地点。当时,我们船上有个水手叫得出这里的名字。靠北边的那座小山叫作'前樯山',三座山由北向南排成一列,分别叫前樯山、主樯山和后樯山。"

主桅山——就是最高的、上面有云的那座山。他们通常叫它'望远镜山',因为海盗们在此下锚清理船身的时候,总把岗哨设在那儿……"

"我这里有张图,"斯莫列特船长说,"你看看是不是那个地方。"

当西尔弗接过这张图时,他的眼珠子像火炬似的燃烧了起来。我知道,他一定大失所望了。因为这不是我们在比尔·彭斯的怀里找到的那张地图,而是一张精工描绘的复制品。上面标着所有的地名、山高和水深,就是没有红色的十字记号和文字说明。

我想,西尔弗当时一定恼怒到了极点,不过,他并没有任何表露。

"是这样,阁下。"他说,"肯定就是这个地方。这图画得相当精确——是谁画的呢?海盗们太无知,画不出来。瞧,这里写着'凯特船长下锚处'——这还是我的一个同船伙伴给取的呢。那里有一股自北向南的激流,绕过西海岸后向北折去。要是你打算进入港湾,在那里整修船只的话,是再合适不过的了。"

约翰公开承认他对该岛的了解,这让我非常吃惊。而当他向我走近时,我更是吓傻了。虽然他还不知道我在苹果桶里偷听了他的阴谋,但是,他那阴险残忍、两面三刀的本性和巨大的煽动力令我恐惧万分。所以,当他把手搭到我肩上时,我禁不住浑身颤抖起来。

"啊,霍金斯,这儿是个可爱的地方,"他说,"值得你这样的小伙子上岛看看。你可以洗海水浴、爬树,还可以打山羊。并且,你自己还可以像头山羊似的爬到那些小山顶上哩。啊,看到这个岛,我觉得自己又年轻起来啦。我都快要忘掉我的木腿了。年轻力壮、有十个脚趾头,多好啊。什么时候你想上岸去探测一下,只要跟老约翰打个招呼,他自会为你准备好路上吃的点心。"说完,他友好地拍了拍我的肩膀,然后一瘸一拐地走开了。

斯莫列特船长、乡绅，还有医生，正聚在后甲板上谈话。尽管我是那么急于想把我所知道的告诉他们，但我却没勇气打断他们的谈话。

正当我犹豫不决时，利弗西医生把我叫到了他的身边。他把烟斗忘在下面的房舱里了，让我给他取来。于是，我走到离他足够近、不至于被旁人听到的地方，急急忙忙地说道："医生，我有消息要报告。你先同船长和乡绅到下面特等舱里去，然后找个借口让我下去。"

医生脸色略微一变，但他很快控制住了自己。

"谢谢你，吉姆，"他说，"我想知道的就是这些。"

说完，他就转过身去，重新和另外两个谈起话来。他们在一起商谈了一会儿，我看到他们中没有任何人流露出惊愕的表情。但是，很显然，医生已经传达了我的意思，因为接下来我就听到船长下了一道命令，让全体船员都到甲板上集合。

"弟兄们，"斯莫列特船长说道，"我有话要对你们说。我们已经看到了这次航行的目的地。这次航行中，船上的每一个人，从上到下都尽到了他的职责，比我要求的做得还要好。因此，绅士、医生和我，准备到下面的特等舱去，为咱们的健康和好运干杯。同时，也为你们备了些水酒，一起干杯吧，这是特里罗尼先生的慷慨之举！"

于是，欢呼声随之而起。我很难相信，正是这些人在密谋要杀害我们。

三位先生在欢呼的高潮时刻退到下面去了。一会儿工夫，有话传来，要吉姆·霍金斯到特等舱去。

我进去时，发现他们三人围坐在桌旁，面前摆着一瓶西班牙葡萄酒和一些葡萄干。医生正焦虑地吸着烟，假发套被放到了腿上。

我简明地讲述了西尔弗谈话的内容。在我讲述的过程中，没有人打断我，甚至没有人动一动，只是从始至终都盯着我。

医生让我挨着他们在桌边坐了下来，给我倒了杯葡萄酒，又往我手里塞满了葡萄干。他们三个，一个接一个地轮番向我颔首致谢，还为我的健康、好运和勇敢干杯。

"船长，"乡绅说，"你是对的，我承认自己错了，我听候你的命令。"

"我从来没遇到过一个船员班子在酝酿暴乱之前不动声色的，我也被蒙蔽了。"船长说。

显然，我的话让船长和乡绅已经冰释前嫌了。

"船长，"医生说，"这全是那个西尔弗捣的鬼。他可真是个不寻常的人物啊！让我高看了一眼！"

"要是把他吊在帆桁的顶端，那才真得高看一眼哩。"船长答道，"不过，现在说这些没用。我有一些想法，特里罗尼先生，我可以讲出来吗？"

"阁下，你是船长，你说了算。"特里罗尼先生庄严地说。

"第一点，"斯莫列特先生开口道，"我们必须继续行进，因为我们不能掉头。要是我下令掉头的话，他们会立刻起事的。第二点，我们眼下还有时间，至少，在找到宝藏之前是如此。第三点，还有忠实可靠的人。动武是迟早的问题。我主张见机行事，然后在他们不注意时先发制人。我想我们可以信赖你家里的仆人吧，特里罗尼先生？"

"就同我本人一样值得信赖。"乡绅表示。

"三个，"船长计算着，"加上我们是七个，包括霍金斯在内。现在，再来看看还有哪些可靠的船员？"

"大多是特里罗尼自己雇来的，"医生说，"那些人是他遇到西尔弗前自己挑选的。"

"也不尽然，"乡绅答道，"汉兹就是我自己挑选出来的人手中的一个。"

"我也以为他值得信任哩。"船长跟着说了一句。

"想想他们竟然全都是英国人！"乡绅咆哮道，"阁下，我真想把这艘船炸飞了！"

"好啦，先生们，"船长说，"我们一定要做出若无其事的样子来，同时，请保持高度的警惕。我知道这是很折磨人的事情，立即打击会痛快些，但那无济于事。我们先要弄清谁是自己人。稳住阵脚，等待时机。"

"霍金斯，我对你给予莫大的信任。"乡绅接着说道。

听了这话，我感到很不安，因为我想不出任何办法；然而后来，阴差阳错的，确实是因为我才保住了大家的平安。

在此期间，在二十六个人中，我们只知道有七个人可以信赖，而在这七个人中还有一个是孩子。这样，我们这边就是六个成人，却要去对付他们十九个。

第八章

"我们"的大船终于靠岸了，船长允许大家在岛上自由活动一天。这是为什么呢？

> 岸上的冒险

> 终于要上岛寻找宝藏了，这里又会给大家带来什么样的惊险呢？

次日早晨，我走上甲板一看，我们正停在距离低矮的东岸东南方约半英里远的地方。那个岛完全变了样儿，灰色的树林覆盖了岛的很大部分。

因为一丝风也没有，我们必须放下小划子，载上人，用绳索拖着大船走上三四英里，然后绕过岛角，通过那狭窄的入口，进入到骷髅岛后面的港湾。

> 恶劣的天气让人们的情绪暴躁。

虽然我不能做什么，但还是自告奋勇地上了其中的一个划子。天气热得使人发昏，人们一边干一边发牢骚。安德森是我这条划子上的头儿，他非但不制止水手们，反而骂得比他们还响。

"瞧着吧，"他说，夹着一声诅咒，"反正这破活儿快干到头啦。"

我想这是个极坏的兆头，因为以前人们都干得挺卖力，但一看到这个岛，他们就无视纪律的存在了。

高个子约翰一路上站在舵手旁边指引大船进港。他

第八章 | 岸上的冒险 43

对这个入口了如指掌,尽管用测链测得的每一处水深都比图上所标的更深一些,但他仍然没有一点儿犹豫的样子。

> 了如指掌:好像指着自己的手掌给人看,形容对情况非常清楚。

我们就在图上标着铁锚的地方停船,离两岸各约三分之一英里:一边是主岛,一边是骷髅岛。水底是干净的沙砾,我们抛锚的响声惊起了成群的飞鸟,它们在林子上空鸣叫着,但是不到一分钟,它们又都回到原处,一切重归于沉寂。

这个港湾完全被陆地包围着,被树林遮掩,树木一直长到满潮时的水位处。海岸地势平坦,几座山的顶峰在远处排成一个半圆形。两条小河,或者不如说是两个沼泽,汇成了这个平静得像池塘一样的港湾。而这一带的植物叶子,都泛着有毒的光泽。

> 介绍了小岛的概况。

我们从船上什么都看不到,既没有房屋,也没有栅栏,因为它们都被丛林遮住了。只有那张地图说明曾经有人来过这儿。

这里很安静,除了半英里外惊涛撞击峭壁的轰鸣声,再没有其他声响了。锚地笼罩着一股潮湿的叶子和树干腐烂的气味。我注意到医生不断地东嗅西嗅,就像一个人在闻一个臭鸡蛋。

"我不知道这儿是否有宝藏,"他说,"但我敢以我的假发打赌,这里肯定有热病。"

> 医生的诙谐表现了英国式的幽默。

在划子里的时候,水手们的行为已经引起我的焦虑;回到大船上以后,他们更是得寸进尺。他们聚在甲板上,议论纷纷。命令他们做一点点小事都会招来冷眼，即使有的遵命去做，也是漫不经心的。甚至最老实的水手也受到了感染。显然，暴乱的危机已经像乌云一样笼罩在我们头顶。

西尔弗则忙忙碌碌地从这一堆人这边走到另一堆人那边，做出竭力劝说着那些水手的样子。我看他就是要以此来掩饰自己激动的心情。

此时我们正在特等舱中商量对策。

船长说："要是我冒险再下一道命令，全船人就会立刻起来造反。你们也看到了，我已经受到了无礼的顶撞，要是我回嘴，眨眼间就会刀枪相见；要是我不，西尔弗就会看出里面有鬼，计划就会泡汤。现在，我们只有一个人可以依靠。"

"这会是谁呢？"乡绅问。

"西尔弗！"船长答道，"他和我们一样急于稳住局面。我们不妨给他个机会，允许船员们到岸上待一个下午。要是他们全都上岸的话，我们就可以据守住大船来作战。要是他们谁也不去，那我们就把住特等舱，上帝会保佑正义的一方。如果他们中的几个人上岸，我敢保证，<u>西尔弗会像带领绵羊似的把他们带回船上来。</u>"

就这么定了！装好弹药的手枪全都发给了忠实可靠的人。亨特、乔埃斯和雷卓斯使我们信心大增，因为他们听到消息后并没怎么惊讶。接着，船长就走到甲板上向船员们讲话。

"弟兄们，"他说，"我们累了一天，不妨到岸上放松放松，这对任何人都没有坏处！你们可以乘坐划子到

情况万分危急，船长异常冷静。

比喻句。说明西尔弗不会善罢甘休。

"我们"开始主动反击的第一步。

岸上去。日落前半小时，我将鸣枪召唤你们返回。"

这些愚蠢的家伙以为一到岸上就可以得到宝藏，所以听到这个消息，他们的愠怒一扫而光，发出一阵欢呼声。

船长十分知趣，他说完就立即走开了，留下西尔弗来安排谁走谁留。我想他这样做也好，要是他留在甲板上，他就无法再装聋作哑——事情再清楚不过了，船长实际上是西尔弗，他拥有一帮图谋叛乱的手下。老实的水手——船上的确还有这样的人——一定是些很迟钝的家伙。或许，我进一步猜想，事情的真相是，所有的水手都被带坏了——只是坏的程度不同而已；少数几个大体上还算是好人，他们不愿被利诱或威胁着走得太远，于是就睁一只眼闭一只眼，吊儿郎当。

不管怎么说，这帮人总算决定下来了。六个人留在大船上，其余的十三个，包括西尔弗，开始上划子。

这时我的脑海中产生了一个疯狂的念头——多亏这个主意，我们后来才得以逃生。

西尔弗留下了六个人，显然我们这帮人不能把船夺过来。但既然只留下了六个人，同样也很清楚，特等舱这边也不是非要我帮忙不可。于是，我立刻想到了上岸。眨眼间，我便溜过了船舷，把身子蜷在最近的一条划子的船头板下。

其他的人没有注意到我，只是桨手说了句："是你吗，吉姆？把头低下。"但是西尔弗从另一条划子上敏锐地扫视过来，喊了一声，以便确定是否是我。从那一

> 本段用了四个破折号，仔细分析一下，它们之间作用的异同。

> 吊儿郎当：形容仪容不整、作风散漫、态度不严肃等。

> 这是"我"的第一次"疯狂"。

刻起,我开始后悔这样做了。

水手们竞相向岸边划去。但是我乘的划子,由于舟身较轻,配备的桨手又好一些,所以就把其他划子远远地抛在后面了。划子一头插在岸上的树丛里,于是我拽住一根枝条,荡了出去,接着便钻进了最近的灌木丛,这时西尔弗和其余的人还在身后一百码的地方哩。

"吉姆!吉姆!"我听到他在喊。

但我是不会理会他的。<u>我连蹦带跳地向前钻</u>,笔直地飞跑着,直到再也跑不动为止。

> 形容行动异常迅速、敏捷。

从高个子约翰手下溜掉,我得意极了,开始兴致勃勃地欣赏起这块陌生的陆地上的风景来。

我第一次尝到了探险的乐趣。船友们被我甩到了后面,前面除了不会说话的鸟兽外,谁也不会出现在我面前。这个小岛无人居住,我在树木间东走西转,又走进一条长长的灌木林带。那里尽是些常青栎树,它们像黑莓那样矮矮地蔓延在沙地上,枝条奇特地扭曲着,树叶密得像茅草一样。这条灌木林带从一个沙丘顶上延伸下来,越往下树长得就越高,铺开得也愈广,一直到了一片开阔的、长满芦苇的沼泽地边缘,那里是小河的源头。沼泽在毒日头下泛着气泡,望远镜山的轮廓就在这蒸腾的雾气中微微颤动。

> 在体会探险的乐趣中,仔细观察了小岛的风貌。

芦苇丛里骤然响起了一阵喧闹声,一只野鸭"嘎"的一声飞了起来,跟着又飞起来一只,很快,整个沼泽地上空便黑压压地布满了这尖叫着盘旋的飞鸟。我想,这一定是西尔弗他们正沿着沼地的边缘向这边靠来。

第八章 ｜ 岸上的冒险　47

　　果然不出所料，我很快就听到了一个人低低的说话声，而且那声音愈来愈大、愈来愈近。

　　这可把我吓坏了，于是我爬到最近的一棵树上面，像只耗子似的蜷伏在那里，屏息静听。

幽默的比喻方式，说明"我"异常不安和小心。

　　从语气上听来，他们谈得很认真，可以说是很激烈，但是我听不清他们到底在谈什么。但我可以肯定其中一个是西尔弗。

　　最后，双方似乎都住了口，可能是坐下来了。野鸭们也开始安静下来，重新栖息。

　　既然我冒冒失失地跟着这些亡命之徒上了岸，至少我应该有所收获才是，通过他们的声音和在侵入者的头顶上惊恐地盘旋着的野鸭，我准确地辨别出他们所在的方向。于是，我缓慢而坚定地向着他们爬去，直到最后，我抬头从叶隙中望去，可以看见高个子约翰和另一个水手正面对面地站在一片草木葱茏的谷地谈话。

"我"既勇敢、大胆，又谨慎、小心。

　　太阳直射在他们身上。西尔弗把他的帽子扔到了地上，他正在恳求一个人——原来，他又在试图说服另一个水手加入他的行列。

离开了众人视线的西尔弗就原形毕露了。

　　西尔弗对面的人涨红了脸，嗓音也像乌鸦似的沙哑，嘴巴还像绷紧的绳索般发颤："西尔弗，你是个正派人，至少名声不坏；你也有钱，这是许多穷水手所没有的；要是我没看错，你又敢作敢为。为什么要跟那些乌七八糟的无赖混在一起，实在犯不着！要是我背叛我的职责，我宁可马上失掉我的手——"

　　他的话突然被一阵吵嚷声打断了。我在这里刚刚发现一个正直的水手,忽然从沼泽那边传来了一声愤怒的叫喊,然后是一声拖长了音的惨叫。

> 一个狠毒,一个正直,两个人的表现充分证明了各自性格。

那个叫汤姆的正直水手听到这声叫喊,像马被靴刺扎了似的跳了起来,而西尔弗连眼睛都没眨一下。他站在原地,轻松地倚着拐杖,像一条伺机进攻的蛇一样注视着他的同伴。

"约翰!"汤姆说着伸出了他的手。

"别碰我!"西尔弗叫道,一边向后跳了一码远。

"听你的,住手可以,"另一个说道,"但是,看在上帝的份儿上,告诉我那边怎么了?"

"那边?"西尔弗微笑着答道,但比以前更戒备了,"那边?哦,我估计是艾伦。"

听了这个,可怜的汤姆像个英雄似的振奋起来。

> 还是有正义的船员不和海盗们同流合污。

"艾伦!"他叫道,"愿这个好人的灵魂得到安息!西尔弗,长久以来你一直是我的弟兄,但从今往后你再也不是了。因为你们已经杀死了艾伦,我也要死在我的岗位上,即使我像条狗似的惨死。杀了我吧,只要你做得到!"

说完,这个勇敢的人转身背对着厨子向岸边走去。但是他注定走不了多远。随着一声号叫,约翰攀住一根树枝,把他的拐杖猛地掷了出去,这支原始的投枪"呼"地在空中飞过,它的尖端向前,力猛无比,正中汤姆两肩中央的背脊。汤姆的双手向上张开,发出一声惨叫,倒下了。

从声音推断,他的那段脊梁骨很可能被当场击断

第八章 | 岸上的冒险　49

了。此时西尔弗虽然缺了一条腿和拐杖，却敏捷得像个猿猴，一眨眼就跳到了他的身上，将一把刀子戳进这个已经丧失抵抗力的躯体里。

接下来有片刻工夫，我感到天旋地转。当我缓过劲儿来的时候，那个魔鬼已恢复了常态，拐杖夹到了胳膊底下，帽子戴到了头上。<u>汤姆一动不动地躺在草地上，但这个凶手看都不看他一眼，只顾用一把草擦拭他那把带着血的刀。</u>太阳炙烤着那冒着气的沼泽和高高的山尖，而我还几乎不能相信，就在我的眼皮底下，就在一刻前，真实地发生了凶杀。

但是这会儿，约翰从口袋里掏出了个哨子，用它吹了几个不同的音调，那声音就在炎热的空气中传播开了。尽管我不知道这个信号的含义，但我知道更多的人将会来到这里，我可能被发现。他们已经干掉两个正派人了，在汤姆和艾伦之后，下一个会不会是我？

我立刻设法逃命，悄悄地以最快的速度向林中比较开阔的地带爬去。<u>老海盗的声音使我像长了翅膀一样加快了速度。</u>一离开丛林，我几乎不去辨别方向，只要能离开那些凶手们就好。而当我跑时，却越来越害怕，最后到了发狂的地步。

事实上，有谁能比我更倒霉？当鸣枪返船的时候，我怎么敢和那些沾满了血腥的魔鬼们一起坐在划子里？他们中谁若是看到我，难道不会把我像只鹭鸶似的拧断脖子？但若是我不在，不就又为他们提供了一个证据，说明我有所察觉、知晓内幕？全完了，我想。再见了，

> 描述了西尔弗的冷酷无情和心狠手辣。

> 不知不觉间，"我"已处于万分危险的境地。

> 比喻句。形容"我"的万分惊恐。

> 排比句，且用一连串的设问反映了"我"在奔跑中的一瞬间脑中电光火石般的诸多念头。

伊斯班袅拉号；再见了，乡绅、医生，还有船长！除了被饿死，或被叛乱之手杀死，我别无出路了。

在我涌出这些念头的时候，我仍然在奔跑，不知不觉就来到那座双峰小山的山脚下。那里分布着更多的长生橡树，从姿态和面积上看，更像是林木。中间夹着几株松树，有些高五十尺，有些则将近七十尺。

而就在这个地方，新的危险出现了，吓得我不能动弹，心怦怦直跳。

▎情境赏析▕

从这里开始了在岛上的历险。在"我"的及时警觉下，船员反叛的事情暴露，探险队一分为二，正义邪恶之战拉开帷幕。在岛上，"我"亲眼目睹了一个正直的同伴顷刻间就惨死于海盗西尔弗之手。前几章描述的那个受人欢迎、一团和气的厨子至此已完全暴露了他的本来面目，原来他之前的所为都是为了掩饰，并且为了拉拢更多的人一起干罪恶的勾当，可见此人的阴险狡诈。

▎名家点评▕

《金银岛》以离奇的情节，引人入胜的故事成为世界上最受读者喜爱的经典文学名著之一。

——（苏）高尔基

第九章 与世隔绝的岛上人

在荒岛上,"我"遇到了与世隔绝整整三年的本·葛恩。他又向"我"倾诉了一个秘密……

从陡峭而多石的这一侧的小丘上,扑簌簌地掉下来一堆沙砾,穿过树木纷纷落下来。我的眼睛本能地向那个方向转去,我看到有一个影子飞快地向松树树干后面跳去。它究竟为何物,是熊、是人、还是猿猴?反正是黑糊糊、毛茸茸的,这个怪物吓得我不敢向前。

> 扑簌(sù)簌:象声词,形容快速地掉落。

看来我是腹背受敌:身后是杀人凶手,面前是隐蔽的怪物。与其遭遇未知的危险,莫不如去面对已知的危险。同树林里这个活物比起来,西尔弗也不那么可怕了。于是我转过身去,开始向划子停泊的地方走去。

可那个影子立刻又出现了。原来他绕了个弯子,抄到我的前面来。这家伙像头鹿似的在树干间跳跃,又像人一样用两条腿跑,腰弯得很低,头几乎碰到了地上。我累极了,再怎么跑也比不过这个怪物。不,确切地说应该是个人。

> 真是"后有追兵,前有劫匪"。

这时,我想起了有关食人族的故事,差一点儿就要喊救命了。但想到他尽管是个野人，毕竟是个人，这一点多少使我安心些。但一想到西尔弗我又站住了，想着用什么办法逃命。我蓦地想起我还有支手枪——我并非毫无抵抗能力。于是，我心中勇气陡然增加，我决心去会会这个岛上的人。

> 原来不是"食人族"。

我刚要朝他那边走，他便出现了。他先是向我这边迈出了一步，接着又畏畏缩缩地向后退。后来他竟跪到了地上，十指交叉着向前伸出，做出一副哀求的样子。

"你是谁？"我问。

> 这个比喻生动形象。

"本·葛恩。"他答道，<u>他的声音听起来沙哑而生涩，像把生锈的锁</u>，"我是可怜的本·葛恩，我已经有三年没跟人说话啦。"

原来他是个和我一样的白人，并且长得还蛮讨人喜欢。只是皮肤被晒得很黑。在一张黑脸上，他明亮的眼睛非常突出。在所有我见过的乞丐中，他是穿得最破烂的。<u>他穿着用船上的旧帆布和防水布的碎片缀成的衣服，这件不同寻常的外衣全都是用一系列极不协调的铜扣、小细棍以及涂了柏油的束帆索环儿胡乱连缀起来的。他的腰间系着一条旧的带钢扣的皮带，那是他全身上下最结实的一样东西了。</u>

> 可想而知，他这三年是怎样熬过来的。

"三年！是船只失事了吗？"我说道。

"不，朋友，"他说，"我是被放逐的。三年来，我以吃野山羊肉为生，还有浆果和牡蛎。虽然说我在这儿生存下来了，但我还是非常向往文明人的正常生活。多少次我都梦见干酪，朋友，你现在是否带着干酪？"

第九章 | 与世隔绝的岛上人 53

"要是我还能回到船上，你就会有成堆的干酪吃。"我说。

说话间，他一直在抚摸我衣服的料子，摸我光滑的手，观赏我的鞋。总之，对于一个同类的出现，他表现出了一种孩子气的高兴与好奇。不过，听了我最后的话，他还是抬起头来，露出一种吃惊和狡黠的神气。

[旁注：写出了他突然见到同类的欣喜与宽慰。]

"要是你还能回到船上？什么意思？"他问道，"现在有谁在阻拦你吗？你叫什么名字，朋友？"

"吉姆。"我告诉他。

"吉姆！"他显然很高兴，"你大概不会相信，我有个虔诚的母亲。我也曾经是个有礼貌、信仰上帝的孩子，我可以把教义背得很快。而现在，我却到了这个地步。吉姆，这都是从我在那该死的坟场上扔铜板赌博开始的！母亲早就说过我不会有好下场，果然被她言中了。我注定是要落到这般田地的。三年来，我在这个孤岛上已经悔过了，只要上帝给我机会，我决心改邪归正。而且，吉姆，"他边环顾四周边压低嗓子说，"我发财了。"

[旁注：已经三年没开口，一说话就喋喋不休起来。]

我瞪大眼睛，心想这个可怜人是不是发疯了？可能我把这感觉流露到脸上了，他急切地一再重复：

[旁注：充分表明他激动的心情。]

"我发财了！发财了！我跟你说，我会让你出人头地的。因为你是第一个找到我的人！啊，吉姆，上帝保佑你吉星高照！"

但是此时，他的脸上突然掠过一道阴影。接着，他紧紧地抓住了我的手，还竖起食指在我的眼前比画着。

"听着，吉姆，你得跟我讲实话，那是弗林特的船吗?"他问道。

"不是,弗林特已经死了。但是船上有些弗林特的部下,所以,我也遭了殃。"

"有没有一个一条腿的人?"他倒抽了一口冷气问道。

"西尔弗?"我问。

"对,西尔弗!"他说,"就是这个人。"

"他是厨子,也是他们的头子。"

他本来就扭着我的手腕,听了这话,他又用力扭了一下。

> 原来西尔弗早就不是什么好人。

"要是你是高个子约翰派来的,我就完了,这一点我是知道的!"他又说。

听了他的这些话我当机立断,把我们航行的整个经过以及我们现在的处境都告诉他。当我说完时,他拍了拍我的脑袋。

"你是个好孩子,吉姆,"他说,"可是你们全都上了圈套。你相信本·葛恩好了,我给你们帮忙。要是有人能救你们的乡绅脱险,你认为他在报答方面会不会慷慨一些?"

> 慷慨(kāngkǎi):形容不吝惜。

我告诉他乡绅是最慷慨的人。

"哦,"本·葛恩答道,"我不是指给我找份看门的差事或一套衣服什么的,那并不是我想要的,吉姆。我的意思是,他能否愿意从那笔可以说是已到手的钱财里拿出,比方说一千镑,作为报酬?"

"我肯定他会的,"我说,"本来就是如此,全船的人本来都有份的。"

"还允许我搭船回家?"他又问,一副鬼精灵的样子。

"当然,"我说道,"乡绅是个绅士。并且,要是我们除掉了那些人的话,还需要你帮忙把船开回去哩。"

"好吧,孩子,让我来给你讲讲是怎么回事。"他继续说道,"当弗林特埋宝藏的时候,我在他的船上。当时跟弗林特在一起的还有六个身强力壮的水手。他们上岸有一星期光景,叫我们这些人待在船上,时而靠岸,时而离岸。一天,先有个信号发出来,接着弗林特自己划着划子回来了,脑袋上裹着块青头巾。只有他一个人回来,那六个人全死了。他怎么干的,我们船上这些人谁也弄不明白。反正无非是恶斗、残杀和暴死——他一个人对付六个。船上的大副比尔·彭斯和舵手高个子约翰问他金银财宝藏在哪儿了,弗林特扔下一句:'啊,你们想要的话,可以上岸去,还可以待在那里;但是船还要去搜罗更多的财宝哩,恕不等候!'"

"三年前我在另一条船上,看见了这个岛。'弟兄们,'我说,'这里有弗林特的宝藏,咱们上岸去找找吧。'船长听了很不高兴,但是水手们都有这想法,船只得靠岸了。我们找了十二天也没有找到,<u>每天他们都把我骂个狗血喷头</u>。直到有一天早上,所有的水手都上船了。'至于你,本·葛恩,给你杆枪,'他们说,'还有铲和镐。你留在这儿,自己去找弗林特的钱财吧!'就这样,三年来,我就一直待在这儿。"说完,他眨巴了一下眼睛。

"你就跟你们的乡绅这么说,"他继续说道,"你说

第九章 | 与世隔绝的岛上人 55

经历过磨难和背叛后,就会对一切失去信任。

形容咒骂的语言异常恶劣和无比恶毒。

'三年来岛上始终只有他一个人。有时,他可能会背上一段祈祷文,有时,也可能想想他的老母亲,就当她还活着;但是他的大部分时间都花在另一件事上……'然后你就捏他一下,就像我这样。"说着他就又捏了我一下,神情极其诡秘。

> 这些话语表明了他的异常小心谨慎。

"好啦,"我说,"要是我回不到船上去呢?"

"啊,"他说,"那是个麻烦。这样吧,我有条小船,是我自己造出来的,我把它藏在那块白色的岩石下边了。我们天黑后可以试一试!"突然远处响起了大炮轰鸣的回声。他嚷道,"怎么回事?"

"他们开火了!"我叫道,"跟我来。"

于是,我拔腿朝着锚地跑去,把恐惧都抛在了脑后。而就在我身边,那个被放逐的破衣烂衫的水手也跟着小跑。

"往左,往左,"他说,"一直往你左手的方向,往树底下跑!这是我打到第一只山羊的地方。啊!那是地墓。"——我想他指的是墓地。"你看到那些土堆了吗?它不是什么礼拜堂,但是它看上去挺庄严,我不时到这里来作祈祷,当我认为该是礼拜天的时候。"

> 说明多年隔绝于人类的生活已经让他忘记了一些字词的正确读音。

在我奔跑的时候,他就一直这么絮叨着,而我也确实顾不上回答。

炮声过后,隔了相当长的间歇之后,又是一排枪声。

接着,又是一阵沉寂。然后,我看到前面四分之一英里远的地方,有一面英国国旗在树林上空迎风飘扬。

情境赏析

由"我"在万分危险之中遇到的一个"野人",开始引出故事的另一条线索和另一个重要人物——本·葛恩。葛恩经历了朋友的背叛和三年的磨难,让他改变了许多,但更多表现的还是对他人的不信任和万分的谨小慎微,这一点从他对"我"的数次重复的动作和话语中可明确体现出来。总之,金钱会让人疯狂和失去理性乃至人性。

名家点评

《金银岛》是一段精彩冒险奇遇,它告诉我们,这世上还有比金银财富更珍贵的东西。

——茅盾

第十章

弃船

当"我"一个人在岛上历险的时候,留在大船上的医生和乡绅也正在试图脱身。他们是怎么办到的呢?

那两只划子从伊斯班袅拉号出发上岸时大约是一点半钟——用海上的话说是钟敲三下。船长、乡绅和我在特等舱里商议对策,只要是稍有一点儿风的话,我们就可以向留在船上的六个反叛分子突然发动袭击,然后起锚出海,但是没有风。更让我们绝望的是,亨特下来报告了一个消息:吉姆·霍金斯溜进了一只划子里,和其余的人一起上岸了——我们从未怀疑过吉姆·霍金斯,但是很为他的安全担忧。跟一伙强盗在一起,还能活命吗?

我们跑上了甲板,看到那六个坏蛋正坐在帆下的水手舱里嘀嘀咕咕。我们看到两只划子系在岸边,靠近小河入海口。每只划子上都坐着一个人,其中一个正用口哨吹着《利利布雷洛》的调子。

那两个留下来看划子的人看到我们,不由得一阵慌乱,《利利布雷洛》也不吹了,他们开始交头接耳。要是他们跑去报告西尔弗,一切就大为不同了;但我估计他们已经得到指示,所以他们慌乱片刻之后又静静地坐回原地了,《利利布雷洛》的口哨声再次响起。等待实在让人难熬,于是亨特和我决定坐划子上岸去侦察侦察。他们的划子是靠右停的,而我们则朝着地图上标的寨子的方向径直划去。

我在帽子下面压了块白色的绸巾以降暑,同时,为安全起见,还带了对手枪。海岸线上有一处小小的拐角,我划着划子,使拐角正好把我们和他们隔开。这样,他们便无法看到我们登陆了。登陆后,我们开始拼命地向前跑。

还没有跑上一百码,我就来到了寨子前。

一股清泉从一个小丘的顶上涌出来。在小丘上面,围着泉水用圆木搭了座结实的木屋子,里面可以容纳四十人,四面都有射击孔。在木屋的周围,被清出了一片开阔的空地,用六英尺高的栅栏圈起来。这圈栅栏没有门,也没有出口,非常牢固。进攻者要想拆毁它,得费些时间和力气,并且这里开阔得无处藏身。而人在木屋里面却可高枕无忧——他们可以从各个方向,像打鹧鸪似的向进攻者开枪,只要有个好位置的岗哨和充足的食物。除非是偷袭,否则这个据点足可以挡住一个团的进攻。

这股泉水令我欣喜,因为一直以来我们都缺乏淡水。

正当这个时候,岛上传来一声惨叫——我对暴力致死的声音并不陌生,因为我曾在坎布兰公爵麾下服役,我本人也在方特诺依负过伤——但是这回,我不由得格外紧张。

"吉姆·霍金斯完了。"这是我的第一反应。

当个老兵得有两下子,何况我还是个医生,干我们这行可是从来没时间来磨蹭。因此,我当机立断,毫不迟疑地向岸边跑,跳上了划子。

幸亏亨特是个好桨手,我们划得水花四溅。划子很快便靠到了大船旁边,我随即登上了大船。

我发现他们全都受了惊,他们肯定都听到了那声惨叫。乡绅一屁股坐下来,脸色苍白得像张纸,而那六个人中有一个也吓得不轻。

"那个人是个新手，"斯莫列特船长冲他点点头说，"他听到那声惨叫时，吓得快晕过去了。医生，再开导开导，他就会站在我们这边的。"

我向船长讲述了我的计划，于是我俩就开始研究起来。我们让老雷卓斯带上装有实弹的火枪和一块作掩护的垫子，守住特等舱和水手舱之间的过道。亨特把划子划到大船左侧的后舷窗下，乔埃斯和我则着手把火药桶、火枪、饼干袋、腌肉和一桶白兰地，以及我那无价之宝的医药箱装到划子上去。

与此同时，乡绅和船长留在甲板上。船长向舵手——就是船上那帮人的头头打了招呼。

"汉兹先生，"他说，"要是你们六人中有谁敢向岸上发出信号的话，我就毙了他。"

他们吃了一惊，交头接耳了一会儿后，就一齐窜下前舱梯。无疑是想从后面包抄我们。但他们一看到雷卓斯正在那过道里等着他们，就又立刻退了回去。

接着，又有一个脑袋伸出了甲板张望。

"下去，狗东西！"船长吼道，那个脑袋立刻缩了回去。接着，我们再没听到这六个被吓昏了头的水手有什么动静。

这时，我们的东西已经将划子装得满满的了。乔埃斯和我从后舷窗上了划子，我们又使劲儿地向岸上划去。

这次我们大大惊动了岸上守望的水手。而就在我们要绕过小拐角从他们的视线中消失的时候，他们中的一个拔腿向岸上跑去，一下子就没影了。我本想毁掉他们的划子，但我担心西尔弗和其他人可能就在附近，贪心可能会坏事。我们迅速在上次那个地方上了岸，开始往寨子里的木屋搬运物资。第一趟我们三个都负荷很重，到了寨子前把东西扔过栅栏。然后，让乔埃斯留下来守卫，亨特和我则返回到划子上。我们就这样不歇气地搬运着，直到把全部物资都安置妥当。然后我们安排两个仆人留守在这儿，我自己则返回伊斯班袅拉号。

我决定再往划子上装一次东西，这看起来是冒险，实际上却没啥可怕的。他们在人数上占优势，但我们在武器上占上风。只要岸上的那些人在手枪的射程之内，不是吹，我们至少能干掉他们半打人。

乡绅正在船尾的舷窗那里等候我，先前的沮丧之色一扫而光。他拉紧缆绳，我们开始拼命装船。这回装的是猪肉、火药和面包干，此外，还为乡绅、我、雷卓斯以及船长每个人各带了一支火枪和一柄弯刀。其余的武器和弹药都被我们扔进了水中。

这时，潮水开始退了，大船在绕着锚打转儿。从那两只划子停靠的方向上隐约传来了一阵喧嚣。这是在警告我们，必须马上撤离了。我们对乔埃斯和亨特很放心，因为他们恰好在东面离得远些的地方。

雷卓斯从过道上撤了下来，跳到了划子里。接着，我们便把划子绕到了大船的另一侧，去接斯莫列特船长。而斯莫列特船长正在做最后的动员工作。

"喂，你们这帮家伙，"他说，"你们听得到我的话吗？"

水手舱里没有回答。

"我对你说，亚伯拉罕·葛雷——我在同你讲话。"

还是没有回答。

"葛雷，"斯莫列特先生把声音抬高了一点儿，继续说道，"我就要离开大船了，而我命令你跟随你的船长一起走。我知道你本质上是个好人，虽然你表面上看不怎么样。我限你三十秒内到我们这边来。"

接着，仍是一阵沉寂。

"来吧,好小伙儿,"船长接着又说道,"不要再耽搁了。多等一秒钟,我和这些好心的先生就多一分危险哩。"

突然,传来了一阵扭打声。接着,亚伯拉罕·葛雷面颊上带着刀伤冲了出来,跑向了船长。

"我和你一起,先生。"他说。

接下来,他和船长都跳到了我们的划子里。我们当即撑开划子脱离了大船,向岸边划去。

我们是从大船上脱了身,可我们还是没能顺利到达岸上的寨子。

第十一章

小划子上的逃脱之路

小划子上的逃脱之路并不顺利，一场争端之后，结果又如何呢？

第五个单程与以往任何一次都不同。我们乘坐的划子只有药罐般大小，已经大大地超载了，再加上火药、腌肉和面包袋的重量，使得划子的尾部几乎与水面齐平。正值退潮，一股泛着细浪的湍流经过海湾向西流去，然后再穿过我们早晨通过的那个海峡，向南汇入大海。所以，即便是些细浪，也会对我们这超载的划子构成威胁。有几次，我们的船里还进了点儿水，还没等划出一百码远，我的裤子和外套的下摆就全湿透了。

船长让我们将人和物品的位置调整了一番，船稍微平衡了一些。即便如此，我们还是连大气都不敢出。

更为糟糕的是，我们被冲出了既定的航向。如果再不克服潮流的冲力，我们就有可能在强盗们的两只划子旁边靠岸。

当船长和雷卓斯这两个未曾消耗过体力的汉子在摇桨时，我在掌着舵，"我无法使船头对准寨子，先生。潮水一个劲儿地把船往下推，你们能不能再使点劲儿？"我说。

"再用劲儿就要把船弄翻了，"他说，"你必须挺住。"

我又做了一番努力。通过试验发现，要是我把船头对准东边，这股湍流就不会把我们带到西边去,也就是使船身与既定的航向成一个直角。

"照这样下去,我们永远也上不了岸。"我说。

"如果这是我们唯一可行的航向,我们只能照这个来。"船长答道,"只有逆水行舟了,否则,我们就得在那两只划子旁边停船。反之,照我们现在这个航向走,湍流势必是要减弱的,然后我们就可以沿着海岸退回来。"

"湍流已经减弱了,先生,"那个葛雷说道。他正坐在船头板上,"你可以稍微使舵偏过来一点儿。"

"谢谢你,兄弟。"我说,显出若无其事的样子,因为我们全都一心想把他当自己人看待。

"大炮!"船长大声喊道。

"这在我的意料之中,"我说,我以为他指的是敌人可能炮轰寨子,"他们绝不会把大炮弄上岸,即使他们真的把它弄上岸了,也绝不可能拖着它穿过树林。"

"向后看,医生。"船长说。

我一回头,就看见那个被酒灌得满脸通红的伊斯莱尔·汉兹,正扑通一声把一发炮弹放到了甲板上。

"谁是最好的射手?"船长问。

"特里罗尼先生,枪法超群。"我说。

"特里罗尼先生,劳驾你干掉他们中的一个好吗?最好干掉伊斯莱尔·汉兹。"船长说。

特里罗尼像个雕塑一般冷静,他检查了一下枪膛里的子弹。

乡绅端起了枪,桨停了下来,我们都闪到了船的另一侧,以使船身保持平衡。这时,他们正将大炮选好位置对准我们,汉兹正手执通条站在炮口旁，目标再明显不过。可是就在特里罗尼开枪的一刹那，他弯下了身，子弹从他的头上呼啸而过，结果是另外一个人应声倒地。他的惨叫声不仅使船上的同党引起了骚乱，而且岸上也传来了一大阵吵嚷声。只见其他的海盗正成群地从树林里出来，跌跌撞撞地登上划子。

"他们的划子过来了，先生。"我说。

"加劲儿划，"船长叫道，"现在我们不必顾虑会不会翻船。要是我们上不了岸，那就全完了。"

"只有一只划子上有人，先生。"我补充道，"其他人极可能是要从岸上包抄我们，截断我们的去路。"

"那也够他们跑的，"船长答道，"你知道，水手上了岸就显不出能耐了。我倒不担心这个，我担心那个炮弹。即使是我家那个笨蛋女佣，也能打它个十拿九稳。"

显然什么也阻挡不了他们放炮。倒下去的那个海盗同伙并没有死，我还能看到他在竭力地往旁边爬哩，可是他们对他看都不看一眼。

"准备！"乡绅喊道。

"停桨！"船长应声喊道。

接着，他和雷卓斯撤身向后一坐，船的尾部就一下子没到水中了。与此同时，炮声响了。我们谁也不知道炮弹是从哪儿飞过去的，但我猜想它一定是从我们的头顶上。因为它掀动的一阵风直接造成了我们的灾难。

划子的尾艄慢慢沉到水下三英尺的地方。我和船长两个站在那里面面相觑，另外那三个全都没了顶。当他们出水时，浑身湿透，水里冒出了一大堆气泡。

好在损失不大，我们五个人都安然无恙，我们爬上了岸。只是我们的物资全都沉到了水底，而且五支枪也只剩下了两支，另外三支都和船一起沉了下去。

这时，从岸上树丛中传来的人声离我们越来越近了。我们不仅面临着在通往寨子的途中被截断去路的危险，而且还担心在我们前面，亨特和乔埃斯能否抵挡得住六个人的袭击？

我们带着这些沉重的顾虑，飞快向岸上跑去，身后留下了那只可怜的划子，还有一大半的弹药和粮食。

第十二章 第一天战斗

> 寨子里的处境异常凶险,老仆人雷卓斯甚至为此送了命。

我们以最快的速度穿越了通往寨子的那片丛林。我们每前进一步,就能更清楚地听到海盗们的吵嚷声、脚步声,以及他们横冲直撞时林中树枝的断裂声。

我检查了一下枪里的火药,因为我预感到一场鏖战即将爆发。

"船长,"我说,"特里罗尼是个神枪手。把你的枪给他,他自己的报废了。"

他们交换了枪支。从一开始,特里罗尼就一直保持着沉默和冷静,现在仍然如此。他从头到尾检查了一遍他的武器。与此同时,我注意到葛雷没有武器,就把我的弯刀递给了他。只见他往手上啐了口唾沫,拧紧眉毛,将弯刀舞得呼呼生风。这令我们十分高兴,显然,我们这个新伙计绝不是个孬种。

我们又向前跑了四十步,来到了林子的边缘,寨子就在我们前面。我们走近的恰恰是它南侧的中部,几乎与此同时,以水手长乔布·安德森为首的七个反叛分子叫嚣着从寨子的西南角出现了。

他们停了一下,似乎愣住了。这时乡绅和我,还有木屋里的亨特和乔埃斯都抓住时机开了枪。四声枪响合成了一阵零乱的扫射,结果，一个敌人倒了下去，其余的人则吓得转身向林中逃去。

正当我们为战果而欢呼时，一颗子弹在我的耳畔呼啸而过，接着，可怜的汤姆·雷卓斯应声倒下。乡绅和我都进行了回击，但我们根本没有目标可供瞄准，只是徒劳而已。然后我们重新装好了火药，这才将注意力转移到可怜的雷卓斯身上。

船长和葛雷忙着查看他的伤势。我大致看了一眼就断定这可怜的人没救了。

大概是我们的迅速回击再次使反叛分子溃散，因为在我们将可怜的雷卓斯抬进木屋时，再没受到骚扰。

我们从开始战斗到把他抬进屋，他始终没说过一句表示惊奇、怨恨或恐慌的话。他比我们中的每个人都大出二十岁以上；他曾经用一块垫子掩护着，像个特洛伊人似的把守着过道；他总是默默地、忠实地，而且是出色地执行着每道命令；而今，可怜的老头儿呻吟着，血流不止。

乡绅跪在他身边吻着他的手，哭得像个孩子。

"我要去了吗，医生？"老仆人问道。

"汤姆，我的朋友，"我说，"你要回家去了。"

"我真想对他们放上几枪再走。"他答道。

"汤姆，"乡绅说，"你愿意宽恕我吗，愿意吗？"

"要我宽恕你，这合乎规矩吗，先生？"汤姆答道，"不管怎样，就这样吧，阿门！"

沉默了片刻之后，他说想让人给他读上一段祈祷文。"那是规矩，先生。"他补充道。没过多久，他就咽了气。

这时，船长从自己胸前鼓鼓的口袋里掏出了一堆各式各样的物件——英国国旗、一本《圣经》、一卷粗绳、一支钢笔、一瓶墨水、一本航海日志，还有几磅烟草。他在栅栏内找到了一棵砍好并削去枝条的枞树干，在亨特的帮助下，把它竖在了木屋角上树干交叉的地方。然后他又爬上了屋顶，亲手拴系好国旗并将它升了起来。

做这一切似乎使他减轻了痛苦。他又回到了木屋里，着手去清点那些物资，好像周围的一切都不存在了似的。其实他一直关注着垂死的汤姆。老头儿一闭眼，他就用另一面国旗恭恭敬敬地盖在他的尸体上。

"不要再伤心了，先生。"他握着乡绅的手说，"他是为履行船长和船主赋予他的职责而死的，死得其所。这也许不太合乎教义的精神，但这是事实。"

然后，他把我拉到了一旁，说："利弗西医生，你和乡绅指望的那艘接应船几时能来？"

我告诉他这还是个问题，不是几周的事，而是几个月后的事。"要是我们在八月底之前没有返回的话，布兰德利就派人来找我们。但是既不会提前，也不会推后。你自己可以算一下还有多少日子。"我说。

"是啊，"船长挠着脑袋答道，"即使把天赐的一切都考虑进去，我们的处境还是很危险哪。"

"你的意思是……"我问道。

"我们丢掉了第二船的物资，实在可惜啊！"船长答道，"至于弹药，还不成问题，但是口粮非常短缺。利弗西医生，少一张嘴，也许并非坏事。"说着，他指了指旗下面的尸体。

正在这时，一颗炮弹呼啸着从我们的木屋上高高飞过，落到远处的树林里爆炸了。

"哦！"船长说，"接着打吧！反正他们的火药没多少了，坏家伙们。"

第二次炮弹瞄得较准，落到栅栏附近，扬起一大片沙土，但没对我们造成任何伤害。

"船长，"乡绅说，"船上是看不到这屋子的，他们一定是瞄准了那面旗，把它降下来是否更明智些？"

"降我的旗？"船长叫道，"不，先生，我绝不会这么做。"他刚说完这句话，我们大家都一致表示赞同。因为它不仅体现着一种顽强的海员气魄，同时也是一种高明的作战策略，它是在向我们的敌人宣告：我们并不把他们的炮击放在眼里。

整个晚上，他们不断地轰着大炮。炮弹一发接一发地落下来，不是太远，就是太近，但只是在栅栏里卷起一片尘土。有一发炮弹居然从木屋顶上溜进来又从地板底下钻了出去，我们并没有害怕，很快也就对这种无理取闹习惯了。

"这样的轰炸也许会为我们带来好处呢，"船长边观察边说，"我们前面林子里的敌人可能已被炮弹清理干净了，潮水也已退去很久了，我们的物资也该露出水面了。有谁自告奋勇去把腌肉弄回来？"

葛雷和亨特一马当先，他们全副武装地偷偷溜出寨子。但令他们失望的是：对方的人正忙着捞走我们的物资，并且涉水把它们装到其中的一只划子上，划子里的人不时得划两下桨，以使它在湍流中保持稳定。西尔弗正在船尾板上指挥着，他们每一个人都有了一支枪，大概是从他们的秘密军火库里拿出来的。看到这一切的葛雷和亨特只能无功而返。

经历了这么多，船长觉得很有必要记录下来。于是便坐下来写航海日志，开头是这样写的：

"亚历山大·斯莫列特，船长；大卫·利弗西，随船医生；亚伯拉罕·葛雷，木匠助手；约翰·特里罗尼，船主；约翰·亨特和理查·乔埃斯，船主的仆人，未出过海的新手——以上是船上仅剩的全体忠实的船员——带着仅够维持十天的口粮于今日上岸，并使英国国旗在宝岛的木屋上空飘扬了起来。托马斯·雷卓斯，船主的仆人，未出过海的新手，被反叛分子击毙；吉姆·霍金斯，客舱侍应生——"

哦，霍金斯，这可怜的孩子！

忽然，从陆地上传来一声呼唤。

"有人在喊我们。"亨特说，他正在放哨。

"医生！乡绅！船长！喂，亨特，是你们吗？"那声音接连喊道。

我跑到了门口，恰好看见吉姆·霍金斯从木栅上面翻过来，他安然无恙。

第十三章

守护小寨子

强盗们炮轰小寨子无果，就举着白旗来到栅栏前。这一次，西尔弗这个江洋大盗阴谋何在？

本·葛恩一看到国旗就停下了脚步，还拉着我的胳膊叫我也停下来。于是，我们静静地坐着仔细观察。

"喂，"他说，"那边肯定是你的朋友们了。"

我说："更像是那些反叛分子。"

> 说明葛恩还是很冷静的，思考也很严谨。

"他们！"他叫道，"怎么会？要是他们的话，西尔弗一定会挂一面骷髅旗的，这一点毫无疑问。那是你的朋友们。那儿刚刚开了一仗，我敢肯定。而且，你的朋友们肯定赢了。所以他们才上了岸，待在老弗林特早就建好的木寨子里。啊，弗林特他真是个有头脑的人物！除了好酗酒外，没谁能与之匹敌。他真是什么都不怕，只有西尔弗例外。"

"好吧，"我说，"如果真是这样的话，我得赶紧去跟我的朋友们会合了。"

> 葛恩依旧异常小心谨慎。

"不，朋友，"本·葛恩答道，"你先别忙着走。你是个好孩子，我不会看走眼的，但是你毕竟只是个孩子。听着,本·葛恩可不是个容易上当的人。朗姆酒也休想把我骗到你要去的那个地方,除非我亲自见到你们那个真正的绅士,并且得到了他的保证。你可不要忘了我跟你说的那些话!'对真正的绅士绝对信任',然后别忘了再捏他一下。"

说着,他调皮地捏了我一下。这是他第三次捏我了。

"而当你用得着本·葛恩的时候,你知道到哪儿找我,就在今天你发现我的地方。来人手里要拿上一件东西,而且他还得一个人来。噢!你还得说这个:'本·葛恩这样做自有他的道理。'"

"好吧,"我说,"我想我有点儿明白你的意思了。"

"什么时候能见到那个绅士呢,你说?"他又加上一句,"这样吧,就从正午时分到钟敲六下。"

"好的,"我说,"现在我可以走了吧?"

"你不会忘了吧?"他焦虑地询问道,"'绝对信任',还有'自有他的道理',你得说。'自有他的道理'这句是主要的,咱们得像男子汉对男子汉那样。"他仍拉着我的胳膊,"我肯定你可以走了。但是,吉姆,要是你遇见西尔弗的话,该不会把本·葛恩给出卖了吧?就是野马拖着你也不会吧?你得向我保证。如果他们在岸上宿营,第二天早上他们的老婆就会变成寡妇。吉姆,你信不信?"

正在这时,一声巨响打断了他的话。接着,一颗炮弹穿过丛林落到了沙地上,离我们谈话的地方还不到一

> 葛恩曾经历过的痛苦回忆看来令他永世难忘。

百码远。我们俩立刻朝着不同的方向拔腿就跑。

此后，整整一个钟头的工夫，炮声频繁地震撼着整个荒岛。炮弹接连不断地穿过丛林，<u>就像长了眼睛似的逼得我东躲西藏</u>。在炮击即将结束的时候，我仍然不敢冒险朝寨子的方向跑。不过，我继而又鼓起勇气，向东绕了一大段路，悄悄地来到岸边的树林里。

> 实质上是说明炮弹实在是太多了。

伊斯班袅拉号仍然泊在锚地，它的桅顶上果然飘着一面骷髅旗——黑底子的海盗旗。就在我张望的时候，红光一闪，又一颗炮弹呼啸着从空中飞过，激起了零落的回声。然后，炮轰结束了。

我在地上趴了一会儿，观望着炮击之后的海盗们。他们忙忙碌碌的：<u>在离寨子不远的岸上，有些人正用斧子砍着那只可怜的划子</u>；<u>在靠近河口的地方，正燃着一堆篝火</u>；<u>在海岸线上的小拐角与大海之间，有些人正划着划子来回往返</u>。所有这些人都一改上午的不悦，高兴得像孩子似的吵嚷着。我估计，这是因为他们又喝了朗姆酒的原因。

> 排比句。说明海盗们为把阻挡他们发财路的人全部干掉而异常忙碌。

我决定现在就朝寨子的方向走。眼下我所处的地方，是伸入海中相当远的一个尖沙嘴，低潮时，它与骷髅岛相连。我站起来，顺着尖沙嘴向更远的方向望去，只见一堵孤零零的岩壁矗立在低矮的灌木丛中，岩壁很高，颜色特别白。我想这也许就是本·葛恩所说的那块白峭壁。说不定哪天真的需要他的那条小船，我就知道该上哪去找了。

我沿着树林的边缘往回走，一直走到寨子的后方，也就是向着陆地的一面，我终于找到我的朋友，受到了他们的热烈欢迎。

我给他们讲了自己的经历，就开始打量起四周来。木屋是由松树树干钉成的，包括屋顶、四壁和地板。地板有几处高出沙地表面一英尺或一英尺半。门口有个门廊，门廊下，有一股细泉向上涌入到一个相当古怪的人工蓄水池里——那是一口埋在沙地里的没底儿的锅。

这屋子空空荡荡，只有一处角落里有一块石板，摆放成炉床的样子；还有只陈旧生锈的铁篓子，装柴火生火用的。

小丘的斜坡上和寨子里面的树全部被伐掉，用于修建木屋了。从残留下来的树桩我们可以看出，一片极为繁茂的林子被毁了。树木被砍掉以后，大部分土壤已被雨水冲走，只有那细流边上，有一块厚密的苗床，上面长着些苔藓、羊齿植物和小灌木丛，在沙地上依然显得一片碧绿。栅栏四周的树林又高又大，朝着陆地的一边全是枞树，朝着海滩的一边则有许多常青栎。我听人说，树林与寨子太近，不利于<u>防御</u>。

> 防御(yù)：抗击敌人的进攻。

晚上，凉飕飕的风从这草草钉成的房子的每一个缝隙里钻进来，持续不断地喷洒着沙雨。

沙子落在我们的眼睛里、头发上，甚至落在我们的晚饭里；<u>它们还在锅底的泉水中跳舞，活像烧沸的麦片粥。</u>

> 这个比喻表明虽然环境恶劣，但"我"能够和朋友在一起，还是很欣慰的。

我们的烟囱是屋顶的一个方洞，它只能让一小部分烟出去，其余大部分烟还憋在屋子里，呛得我们一边咳嗷一边淌眼泪。

再说说我们的新伙计葛雷，他的脸上缠着绷带，因为他在同反叛分子决裂时挨了一刀；可怜的老汤姆·雷卓斯，还没有被埋掉，身上仍然覆盖着国旗直挺挺地靠墙躺着。

斯莫列特船长把我们都召集到了他面前，他分派我们轮流值班守卫。医生、葛雷、我是一组；乡绅、亨特、乔埃斯是另一组。我们全都累了，但仍被船长派了出去，两个砍柴，两个着手为雷卓斯挖墓，医生被安排做厨子，我在门口放哨。而船长则在屋里走来走去不停地给我们打气，哪里忙了他就帮一把。

> 由此可以看出，船长在海上的表现表明他隐约预感到的不安，而到了岛上，敌人已暴露出来，那么就需要认真去面对。

医生不时地走到门口来换换新鲜空气，让他的眼睛休息休息，因为他被烟熏得很厉害。所以他每次过来的时候，总是跟我说句话。

"斯莫列特那个人，"有一次他说，"比我强。我这么说是有事实依据的，吉姆。"

又一次，他过来后沉默半晌，然后把头侧向一边看着我。

"本·葛恩靠得住吗？"他问。

"我不知道，先生。"我说，"我不能肯定他是否精神正常。"

"可是，也难怪你有些怀疑。"医生答道，"一个人在荒岛上待了三年，除了啃指甲外无事可干。我们还能要求他像你我一样清醒吗？这不合乎人类的本性。你说他一心想吃干酪？"

> 成年人当然不大可能啃指甲，这样是幽默的说法，形容一个人的孤独是难以忍受的。

"是的，先生。"我答道。

"好吧，吉姆，"他说，"看看可口的食物给你带来的好处吧。你不是见过我的鼻烟盒吗？可是你从未见过我闻鼻烟，对吧？因为在那鼻烟盒里面，我放了一块巴马干酪。我们就把这块干酪送给本·葛恩吧！"

晚饭前，我们在沙地上埋葬了老仆人。在风中，我们脱帽为他默哀。

柴火已经砍了很多了，可是船长还嫌少。他说："明天得加把劲儿多弄些回来。"然后，我们吃了点儿腌肉，又每个人来了杯上好的白兰地，之后三个头头便聚在角落里商讨起我们接下来该怎么办。

看上去他们似乎是一筹莫展，储存的食品过少，在接应船到来之前，我们就会饿死。但是最大的希望莫过于歼灭海盗，直到他们能降下骷髅旗，或是驾着伊斯班袅拉号滚蛋，这一点是肯定的。他们已从十九人减少到了十五人，而且其中有两个还受了伤，还有一个至少是重伤，就是被乡绅打中的那一个，要是没有死的话。就我方来说，每次同他们交锋，我们得顾及自身的安全，以保存自己的力量。可喜的是，我们还有两个得力的盟友——朗姆酒和气候。

先说朗姆酒，虽然离得有半英里远，我们还是能听得见他们吵吵闹闹地饮酒到深夜。至于气候，医生敢拿他的假发打赌，他们在沼泽地里宿营，又缺医少药，不出一星期，准有一半人病倒。

"所以，"医生补充道，"只要我们不先被干掉，他

一筹（chóu）莫展：一点儿办法也想不出来。

幽默的说法，医生对于打赌这件事有充足信心。

们必定会驾驶着帆船逃之夭夭的。那毕竟是条船，我猜想，他们还会回到海上重操旧业。"

"如果那样的话，伊斯班袅拉号将是我丢的第一艘船。"斯莫列特船长说。

在经历了这样一番折腾后，我累得不成样子了。<u>于是我一倒下便睡得像根木头了。</u>

> 比喻句。当然，这一天的经历对一个年轻人来说的确是疲惫不堪。

当我被一声枪响惊醒时，别人早就起来了。他们吃过了早饭，还抱了比昨天多了一半的柴火回来。

"白旗！"我听见有人说。接着，很快又是一声惊叫："西尔弗本人来了！"

听到这个，我一跃而起，使劲儿揉了揉眼睛，跑到了墙上的一个射击孔前。

第十四章 谈判和转攻

谈判没有成功,于是,一场血战便开始了。战火的硝烟弥漫了小寨子。

果然,寨子外面有两个人,一个挥舞着一块白布,另一个不动声色地站在旁边——他正是西尔弗。

时辰还早,寒气有些刺骨。天空晴朗无云,林梢在晨光下泛着玫瑰色。但西尔弗和他的副官仍旧处在阴影之中,他们的膝部以下都淹没在贴地的白色雾气中。寒气和水汽合在一起,正好道出了这个岛荒无人烟的原因——待在这个潮湿的地方极容易患上热病。

> 时辰(chen):时间,时候。

"不要出去,弟兄们,"船长说,"可能是个圈套。"

他站在门廊下,十分谨慎地选择了一处冷枪打不到的地方,又看了看门外的情景,转过身来对我们说:"利弗西医生,烦劳你守住北面;吉姆,东面;葛雷,西面。不当班的人全部安装弹药。手脚麻利点儿,弟兄们,但要小心。"

> 船长总是显露出大将风范。

然后他又转向了反叛分子,喊道:"你们来干什么?"

这回是另外一个人答话了。

"先生，西尔弗船长上来跟你们谈判来啦。"另一个声音喊道。

"西尔弗船长？我不认识他。他是谁？"船长叫道。接着，我们听见他独自念叨说："嘀！当船长了，高升了嘛！"

"是我，先生。那些可怜的伙计们选我当船长，因为您撇下我们走了。"西尔弗回应道，"只要能谈妥条件，我们愿意服从。我只要求您保证我安全离开寨子。"

> 这是反讽的表达方式，因为明明是他们造反逼迫船长离开的。

"我可不想跟你谈判，如果你执意要这样说，你可以进来。但要是耍什么阴谋诡计，各位，可别怪我不客气。"船长说道。

听到这话，西尔弗便向寨子前进。陡峭的坡面和松软的沙地让他的拐杖派不上什么用场，但他硬着头皮默默地挺过来了。他来到船长的面前，用优美的姿势向他行了个礼，然后坐了下来。他简明地说了自己的来意，要求船长交出藏宝图并加入他们一边。同时，把背叛他的亚伯拉罕·葛雷交给他，他会因此保证船长的安全，否则他不会手下留情的。

> 暗含禽兽之心却时刻表现出虚伪的彬彬有礼。

"少跟我来这套，"船长打断了他的话，"你想要的东西，门儿也没有。"说完，船长平静地注视着他，并继续装着一斗烟——对于西尔弗的威胁，他根本不理会。

"你还有什么要说的吗？"船长问西尔弗。

"要是你拒绝的话，"西尔弗答道，"你就等着我的枪子儿跟你谈判吧。"

> 借代的委婉说法，意思是等着开战吧。

"很好。"船长说,"现在,听我说,要是你们一个个放下武器到这里来,我就把你们全都铐起来,送回英国去审判;要是你们不这样做,我凭着英王陛下的旗帜起誓,我要让你们统统去见阎王。否则我就不叫亚历山大·斯莫列特。你们休想找到宝藏,你们中没人能驾驶得了这艘船。你们也打不过我们,西尔弗船长,你现在处于下风岸上,这一点你心里也明白。我告诉你,这是我对你最后的忠告。下次我再见到你,就要让你的后脊梁吃上一颗子弹。烦请你从这儿滚开,愈快愈好。"

西尔弗听了这些话,他脸上的表情真是难以描述,他的眼睛因为恼羞成怒而向外凸着。他甩掉了烟斗里的灰。

恼羞成怒:由于羞愧和恼恨而发怒。

"拉我一把!"他叫道。

"我不拉。"船长答道。

"谁来拉我一把?"他吼道。

我们中谁也没动,他只得在地上爬,同时咆哮着发出最恶毒的咒骂。他一直爬到了门廊前,抓着门柱子,用拐杖将自己的身体重新撑了起来。接着,他便向泉水啐了一口。

"呸!"他叫道,"混蛋们!不出一个钟头,我就要把你们的老木屋炸穿。笑吧,你们这些天打雷劈的!不出一个钟头,我就让你们的笑脸变哭脸,让你们生不如死。"

气急败坏,终于不再虚伪掩饰本来面目了。

他又断断续续地骂了一气,才拄着拐杖艰难地踩着沙地向下坡走去。经过四五次失败后,才在打白旗的人的帮助下越过了栅栏,一转眼就消失在树林里了。

西尔弗刚一消失,一直密切注视着他的船长便将身子转回屋里。他发现除了葛雷外谁都没在自己的岗位上,便勃然大怒。

> 表现了船长的临危不乱,且丰富的指挥才能,适时地夸奖刚刚投降过来的葛雷,以拢络住他的心。

"各就各位!"他吼道。当我们全部溜回到自己的位置上之后,他说,"葛雷,我要把你的名字写进航海日志里:你像名真正的海员一样忠于职守。特里罗尼先生,我对你感到吃惊。医生,我想你毕竟是穿过军装的!要是你在方特诺依就是这样服役的话,我劝你不如躺到你的铺位上去。"

医生这一组的人都回到了自己的射击孔旁,其余的人都忙着给备用枪支上弹药。可以肯定,我们每个人都羞得面红耳赤。

船长默默地察看了一会儿,然后他又开口讲话了。

> 排比的修辞,既是战前动员,也是鼓舞士气。

"弟兄们,"他说,"我已经给了西尔弗一顿痛骂,就是想激怒他;正如他所说,不出一个钟头,我们就要遭到攻击。我们在人数上处于劣势,但是我们是在工事里作战;而且,在一分钟前,我还会说我们是一支有纪律的队伍。只要你们愿意,我确信我们会给他们来个迎头痛击。"

接着,他又进行了一番巡视。

在屋子窄的那两面,也就是东面和西面,只有两个射击孔;在门廊所在的南面,还有两个;而在北面,则有五个。我们七个人有整整二十支枪。柴火被堆成了四堆,每堆都位于屋子每一面的中央,而在每个柴火堆上都放了些弹药和四支装好弹药的火枪,以供守卫者取用。在屋子当中的地方,则放置了一排弯刀。

余下的时间里,船长开始布置他的防守方案。

"医生,你把住门,"他说,"注意,不要暴露自己;待在里面,从门廊往外射击。亨特,负责东面;乔埃斯,你站在西面;特里罗尼先生,你是最好的射手——你和葛雷得负责最长的北面,那里一共有五个射击孔,也是最危险的一面。要是他们上到那一面来,从外面通过射击孔向我们开火,情况就不妙了。霍金斯,你和我枪法都不怎么样,我们就站在一边装弹药,打个下手。"

> 战斗布署得井井有条。

一个钟头过去了。

"该死的家伙!"船长说,"等待真让人心烦。葛雷,<u>吹口哨招招风吧</u>。"

> 诙谐的说法,以缓解等待战斗的焦急。

而就在这时,传来了进攻的第一声消息。

"请问,先生,"乔埃斯说,"要是我看见什么人,我可以开枪吗?"

"我告诉你可以开枪!"船长大声喊道。

"谢谢你,先生。"乔埃斯仍旧彬彬有礼地答道。

接下来半晌不见动静,但那句话已经使我们都警惕得竖起了耳朵、睁大了眼睛。船长伫立在屋子的中央,皱着眉头,紧闭着嘴巴。

这样又过了几秒钟,直到乔埃斯猛地举枪开了火。枪声余音未落,回敬的枪声便接踵而至,从寨子的四面八方飞来,像接连不断的雁群似的,一枪紧挨一枪。有几发子弹打中了木屋,但是没有穿透进来。当硝烟散去

> 描述了战斗的激烈场面。

之后，寨子和环绕它的树林恢复了先前的寂静和空落。没有一根树枝摇动，也没见到一个暴露敌人踪迹的枪管。

"你击中目标了吗？"船长问道。

"没有，先生。"乔埃斯答道，"我想是没有。"

"讲实话也算不错，"斯莫列特船长咕哝道，"给他的枪装上弹药，霍金斯。你那边打了几枪，医生？"

"这我知道得很清楚，"利弗西医生说道，"这边是三枪。因为我看到了三次闪光。"

"三枪！"船长重复道，"那么你那边呢，特里罗尼先生？"

这可不太容易回答了，从北面射来了许多枪——据乡绅计算是七枪，而据葛雷估计则是八枪到九枪。从东面和西面射来的总共只有一枪。显然，进攻是从北面展开，而在其余的三面，我们只受到些虚张声势的骚扰。但是，斯莫列特船长并没有改变部署。他提出，如果反叛分子成功地越过了栅栏的话，他们就会占领任何一个无人把守的射击孔，就会把我们像耗子一样地打死在这座堡垒里。

突然，随着一声呐喊，一小撮海盗从北面的树林窜了出来，直奔寨子跑来。与此同时，树林里又一次开了火。一颗颗子弹呼啸着从门外飞来，立刻把医生的枪击成了碎片。

海盗们像猿猴般地翻越了栅栏。乡绅和葛雷一次又一次地射击，来人有三个倒下了，一个向前倒在寨子里

> 虚张声势：假装出强大的气势。

> 敌人的进攻也很有策略，可以看出西尔弗不是好对付的角色。

面，两个朝后倒在了外面。但这两个中，有一个显然是受了惊吓而没有受伤，因为他一骨碌爬起来，立刻便消失在了树林里。

两个当场毙命，一个跑掉了，四个已经进到了我们的栅栏里面；而在树林的隐蔽下，还有七八个人，每个人显然都有好几支枪，不断地向木屋进行猛烈的、然而是无效的射击。

那四个越过栅栏的人直奔木屋冲来，一边跑还一边喊着，而那些树林里的人也跟着呐喊助威。我们这边开了几枪，但是枪手由于过于匆忙，似乎一发也未打中。不一会儿，四个海盗便已冲上了小丘，向我们扑来。

水手长乔布·安德森的脑袋出现在中间的一个射击孔里。

"灭了他们，一个也不留！"他的声音咆哮着。

与此同时，另一个海盗猛地抓住了亨特的枪管，从他的手中夺了过去，拖出了射击孔。然后，迅速地一击，打得这可怜的人倒在了地板上，失去了知觉。第三个海盗毫发未损地绕着木屋跑了一圈后，突然出现在了门口，举着他的弯刀向医生砍去。

我们的处境完全颠倒了过来。就在一刻以前，我们还在掩蔽下射击暴露着的敌人；这会儿却是毫无掩蔽地暴露给了对方，而且无还手之力。

情况万分危急。

木屋里弥漫着硝烟，多亏了这儿，我们还算安全些。呐喊和骚乱、火光和枪声，以及很大的呻吟声，充斥着我的耳朵。

"冲出去，弟兄们，冲出去，和他们在开阔地拼弯刀！"船长喊道。

> 表现了"我"的勇敢。

我从柴火堆上抓起了一把弯刀，有人同时也抓起了一把，在我的手指关节上划了一下，我当时几乎没感觉到疼。我夺门而出，冲到了明朗的阳光下。我只感觉有人紧跟在我后面，但我不知道是谁。在正前方，医生正把那个对手赶下小丘。当我刚刚把目光落到他身上时，他已突破了对方的防守，在那人脸上狠狠地来了一刀，疼得那家伙倒在地上直打滚儿。

> 船长怎么了？

"绕到屋子这边来，弟兄们！绕到屋子这边来！"船长喊道。他的声音有些异样，尽管当时乱作一团，我还是注意到了。

我机械地服从命令向东转，举着弯刀跑步绕过屋角。接着我便与安德森面对面地遇上了。他大声地吼叫着，把他的弯刀举过了头顶，刀身在阳光下寒光四射。在这刀悬未落的危难关头，我来不及害怕，一下子就跳到了一边，脚踩到松软的沙子里没有站稳，跌了一跤，头朝下滚下了斜坡。

> 一窝蜂：比喻许多人乱哄哄的。表明当时海盗人数上的绝对优势。

记得当我刚从门口冲出来时，其他的叛乱分子正一窝蜂似的拥上栅栏，企图结果我们。那时，一个戴顶红色睡帽的人，衔着他的弯刀，甚至已经爬到了栅栏顶上，一条腿已经迈了过来。可当我现在重新站起来的时候，那个戴红色睡帽的家伙仍旧一条腿在外一条腿在里，而另一个家伙仍只是露出个脑袋瓜子在栅栏顶上。原来，就在这刹那间，战斗结束了，胜利属于我们。

事情是这样的：紧跟在我后面的葛雷，在那个大个子水手长正为没有劈着我而愣神的当儿就砍倒了他。另外一个，在他从射击孔向屋内开枪的时候被打中了，这会儿正痛苦地在地上挣扎呢，他手里的枪还在冒着烟。第三个，就像我看到的那样，被医生一刀结果了。越过寨子的这四个人中，只有一个没被干掉。他把弯刀丢在了地上，正吓得抱头鼠窜。

"开枪，从屋里开枪！"医生叫道，"还有你们，弟兄，快回屋去隐蔽。"

大家似乎没听见他的话，因此没人开枪。于是，这最后一个海盗便逃之夭夭了，和其余的人一起消失在林子里了。在这场战斗之后，这群进攻者什么也没有留下，只剩了五个倒在地上的尸体：四个在栅栏里边，一个在外边。

> 海盗虽然人数多，但毕竟是乌合之众。

医生、葛雷和我全速跑回了木屋。幸存的海盗一定是回去拿枪了，战斗随时都可能再次打响。

这时，屋内的硝烟已经稍稍消散，我们一眼便可看出为胜利所付出的代价来。亨特倒在了他的射击孔旁，昏迷不醒。乔埃斯紧挨着他，被射穿了脑袋，一动不动。而就在屋子正中，乡绅正扶着船长，两人都面色苍白。

> 代价沉重地赢得了暂时的胜利。

"船长受伤了。"特里罗尼先生说。

"他们跑掉了吗？"斯莫列特先生问道。

"都想跑，你可以想象得出来，"医生回答道，"但是有五个永远也跑不了了。"

> 船长此刻的言语和最初给人的悲观印象完全不同。

"五个！"船长叫道，"看，这很不错。五个对三个，剩下我们四个对他们九个。这个差距比刚开头的时候小得多了。当初我们是七个对他们十九个，想想那时的处境，真是让人受不了啊。"

情境赏析

本章前半部分主要描述谈判，谈判一方的主要人物西尔弗前后的表现再一次证明了这个人的虚伪和狡诈。开始时他又故意做出一贯的彬彬有礼和一团和气，但当谈判破裂，立刻就气急败坏，丝毫不加掩饰的色厉内荏。本章全部内容与第五章内容中对西尔弗与船长的各自描述前后呼应，并形成鲜明对比，至此也揭开了二人的真实一面：一团和气的原来是阴险小人；不讨人喜欢的原来是正义的力量。

名家点评

随小主人公经历惊心动魄的冒险，孩子们将切身体会到忠诚与守信的重要，并将深刻理解：只有明辨是非，才是真正的机智，才能成为真正的勇者。

——巴金

第十五章

我的海上奇遇由此开始

"我"趁人不备，悄悄溜出寨子，并作出一个大胆的决定。而这个决定又使"我"遭受了什么危险呢？

反叛者们没有卷土重来，树林中再也没听到枪声，我们有足够的时间来照顾伤员、准备午饭。尽管外边很危险，我和乡绅还是宁愿到门外去做饭。即便如此，我们还是可以听到伤员痛苦的呼喊声和惨叫声，让人不忍入耳。

枪战中倒下的八个人中，仅有三人还有微弱的呼吸——一名在枪眼旁中弹的海盗、亨特和斯莫列特船长。其中前两位已没有生存的可能了。那个海盗死在了医生的刀下；亨特经过抢救也没能苏醒过来。<u>在夜里，他悄悄见上帝去了。</u>

> 委婉的说法。亨特无声无息地死去了。

至于船长，伤口虽然很痛，但并未击中要害部位，所以没有生命危险。医生说他肯定可以复原，但今后这几个星期里，他不能走动，不能伤到胳膊，甚至于尽可能少说话。

我的指关节受的伤没有什么大碍。利弗西大夫给我贴上了膏药，<u>还扯了扯我的耳朵来安慰我。</u>

> 这个动作代表了大家对"我"这个队伍中年龄最小的小家伙的疼爱和关心。

午饭后，乡绅和医生在船长身旁坐了下来，一同商讨军情。当他们商议完了，时间刚过正午，医生拿起帽子和手枪，腰上挂着弯刀，把地图放在口袋里，肩上扛着一支滑膛枪，翻过北边的栅栏，很快就消失在丛林中了。

我和葛雷一同坐在木屋的另一头，根本听不到我们的头儿在商谈些什么。但医生的举动使葛雷大吃一惊，他竟然忘记了把衔着的烟斗拿下来后再放回嘴里。他认为医生疯了，我可不这么认为。如果我没猜错的话，他现在要去见本·葛恩了。

> 形容了惊讶的程度，似乎发呆了。

事后证明我猜对了。

木屋里闷得要命，栅栏里边的一小块沙地被炎炎烈日晒得像要冒出火来。我刷着木屋里的血迹和午饭的餐盒，愈来愈讨厌这个鬼地方，也愈来愈羡慕去往林中的医生。我头脑中冒出一个念头——打算到尖沙嘴上去，找到我昨天傍晚发现的那面白色岩壁，看看本·葛恩的小船是不是藏在那里。于是，我趁没人注意到，做了逃走的第一步准备：往我的上衣口袋里塞满了干面包。然后我拿了两支手枪，因为我已有一筒火药和一些子弹，我觉得武装得够可以的了。

> "我"的再一次"疯狂"!

我终于找到一个很好的机会，当时乡绅和葛雷正忙于帮船长缠绷带，并未注意到我。我一个箭步窜出去，翻身越过栅栏，钻进茂密的丛林中。在他们发觉时，我已逐渐远离木屋，听不到他们的呼喊声了。

这是我第二次做傻事，比前一次更草率，因为我只撇下两个未受伤的人守卫木屋。但是，同第一次一样，这次行动又一次救了我们大家的命。

我决定沿着尖沙嘴靠海的一边下去，以避免被锚地的人察觉，我就径直朝海岛的东海岸跑去。

我怀着愉快的心情，沿着岸边走去，直到我估计已远离了南岸，才在茂密的灌木丛的隐蔽下，警惕地攀上尖沙嘴的斜坡。我背对着大海，前面是锚地。伊斯班袅拉号停在如镜的水面上，从桅顶到吃水线以及悬挂的海盗旗，都倒映得清清楚楚。偶尔传来了一声极其恐怖的怪叫，最初把我吓坏了，但我很快就得知这是那只名为"弗林特船长"的鹦鹉在叫。据它色彩鲜艳的羽毛这一特点，我甚至可以想象得出它栖息在主人的手腕子上。

栖（qī）息：（鸟类）停留；休息。

露出灌木丛的白色岩壁依旧在下面大约远离八分之一英里的尖沙嘴上。我手脚并用，在树丛中潜行，我花了好些时间才爬到那里。当我的手触到粗糙的岩壁时，夜幕几乎降下来。<u>在岩壁的正下方有极小一块长有绿色草皮的洼地，被沙汀和高及膝部的茂密的矮树掩盖。</u>洼地中间果然有用山羊皮做的小帐篷，有点儿像吉卜赛人在英国流浪时携带的帐篷。

形容"我"要找的东西被掩藏得很隐蔽。

我跳到洼地里，掀开帐篷的一角，看到了本·葛恩的小船。这是一只再简陋不过的小船，木料粗糙，斜底船架用毛朝里的山羊皮包起来。船小得可怜，以至于我坐在里边也很挤，真难以想象它如何能载得了一个大人。一块坐板装得极低，船头装有脚踏板，还有一支双叶划桨。船丑陋得难以形容，不过也有个优点，它轻巧、方便。

> "我"突然涌现出的疯狂的主意。

既然找到了小船,我也应该回去了。不过就在这时,我有了另外一个主意,那就是在夜幕的掩护下偷偷地把小船划出去,靠近伊斯班袅拉号,砍断锚索,任它漂流。这主意让我很得意。我敢断定,这样做肯定可以阻止反叛者们逃跑,那真是太好了。看到海盗们连一只划子也没留给守卫在大船上的人,我想这件事做起来没多大危险。

于是,吃了点儿干面包后,我开始坐下来等天黑。我可不想错过这个千载难逢的机会。

> 吞噬(shì):吞食。比喻,说明夜幕完全降临。

当天空中最后一丝余光消失后,藏宝岛被黑夜吞噬了。我扛起那只小船,跌跌撞撞地离开了我吃晚饭的地方。整个锚地只能看见两点光亮。一处是被击退的海盗们在海边升起的大火堆;另一处是隐约可见的微光,它指示着大船停泊的位置。

落潮时船头转了个方向,现在船头正对着我,只有船舱里透出一点儿灯光。

落潮已有一段时间了,我必须经过一番长途跋涉,才能走到正在退下去的水边。在水中蹚了几步后,我稍稍用力就麻利地把小船平放在水面上。

虽然那小船既轻便又灵巧,但划起来却很别扭,总向一边偏,有时还来回打转。本·葛恩自己也承认,这小船"不好对付,除非你摸透了它的脾气"。

> "小船制作过于简陋,很难给人以安全感"的诙谐说法。

我当然不知道它的脾气,它能转向任何一个我不想去的方向。我大部分时间坐在船的内侧,要不是有潮水帮助,我相信我这辈子也无法靠近大船。算我运气好,

第十五章 | 我的海上奇遇由此开始

无论我怎样划,潮水始终把我往下冲,而伊斯班袅拉号正巧在航道上,错过它也不太可能。

最初黑糊糊的一团出现在我面前,渐渐地显现出桅杆、帆桁和船体。不一会儿,小船就接近了锚索,我立刻把它抓在手里。

锚索绷得像弓弦一样紧,可见船正用力想要把锚拔起来。夜色中泛着细浪的潮水在船身周围汩汩作响,犹如山间流淌的泉水。只要我用刀把锚索砍断,船就会被潮水冲走。

到目前为止,一切都很顺利。但我忽然意识到,绷紧的绳索一经砍断,我的小船就会像被马蹄踢了一样翻进水里。

想到这儿,我就停了下来。如果不是幸运之神再次垂青于我,我可能会干脆放弃原来的打算。一阵风吹来,潮水把伊斯班袅拉号高高拱起。令我喜出望外的是,被我抓紧的锚索松了一下,有那么一瞬间,我的手浸入了水中。

我当即掏出折刀,用牙齿把它拉开,开始一股股地割断绳索,只剩下最后两股绳牵紧船身。于是我停了一会儿,静候下一阵风能再次使锚索松弛下来,以便割断最后两股。

整段时间,我一直听到从船舱里传出的大声谈话。听得出来,其中一个声音是副水手长伊斯莱尔·汉兹的,他曾经做过弗林特的炮手;另一个声音,来自那个戴红帽子的家伙。两个人显然已烂醉如泥,但还在喝。

> "我"尽自己的能力对付海盗。

> 喜出望外:遇到出乎意料的喜事而特别高兴。

> 烂醉如泥:形容醉得已经不成样子。

因为在我侧耳聆听时,他们中的一个曾推开尾窗,随着一声大喊,扔出一件东西来。我猜是一只空酒瓶。他们不光是喝醉了,看起来还暴跳如雷,吵骂声像雹子一样散落,而且不时达到高潮。我总以为他们会打起来,但是每次对骂都会平息下去,如此反复数次。

我可以看到岸上一大堆熊熊燃烧的篝火,从岸边的树丛中透出红光来。有人在唱一首老歌,歌谣的每一句的尾音都唱得发颤,都要降低——在航行中,我不止一次听过这首歌:

七十五个汉子驾船出海,
只剩一人活着回来。

我想对于今天早上伤亡惨重的一群海盗来说,这支悲伤的调子再合适不过了。但是,那些海盗却丝毫没有悲伤之情。

终于,又吹来一阵海风。大船在黑暗中向我靠近了些,我感觉到锚索又松了一下,就用力把最后两股完全割断。

小船只稍稍被风推了一下,就几乎是一下子对准伊斯班袅拉号的船头撞去。与此同时,大帆船开始慢慢掉转船身,在潮水的带动下头尾掉了个个儿。

我拼命地划桨,时刻都担心被大船带翻。我发现无论我怎样划也不能把小船从大船身边划开,于是,我就用手撑着小船划向大船尾部,这才逃离了险境。就在我撑罢最后一桨时,我的手偶然碰到一条从后舷墙上垂挂

锚(máo):船停泊时所用的器具,用铁制成。一端有两个或两个以上带倒钩的爪儿,另一端用铁链连在船上,抛到水底或岸边,用来稳定船舶。

在神秘莫测的大海里,这样的举动有多危险!

下来的绳子，就一下子把它抓在手里。

我为什么要这样做，我自己也说不清楚。起初只是下意识的动作，但我既然已经抓住了它，并发现绳子另一端拴得很牢，好奇心使我决心要向船舱里面张望一下。

我两手交替地抓住绳子往大船上靠，当我估计已靠得够近时，就冒着生命危险升高大约半个身体。这时，我看到了船舱的顶板和舱内的一个角落。

正在这一刻，大船和小船正在迅速地顺着潮水向下滑，我们的位置已同岸上的篝火相齐。大船溅起的哗哗的水声不绝于耳。但是在我的眼睛高过窗棂之前，我始终弄不清楚守卫的人为什么不发警报信号。在这么不稳的小船上我只能看一眼，但只这一眼就看得明明白白：<u>原来，汉兹和他的伙伴都用一只手掐住对方的脖子扭作一团，在做拼死的搏斗。</u>

<u>这些醉生梦死的忘命之徒。</u>

我又及时跳回到座板上，差一点儿就掉进水里。刹那间我什么也看不见，只有两张凶神恶煞似的脸在熏黑了的灯下晃荡着，显得通红。我闭上眼睛，让它们重新适应黑暗。

凶神：迷信的人指凶恶的神，常用来比喻凶恶的人。

没完没了的歌谣终于停了下来，篝火旁所剩无几的海盗又唱起我听腻了的那个调子：

十五个汉子扒上了死人箱，
——哟——嗬——嗬，
再来朗姆酒一大瓶！
酗酒和魔鬼使其余的人都丧了命，
——哟——嗬——嗬，

再来朗姆酒一大瓶!

幽默的说法,描述了这帮亡命之徒的必然状态。

我正思量着,<u>酒和魔鬼在这伊斯班叒拉号的船舱里想必正忙得不可开交</u>。不曾想小船突然来了个急转弯,好像要改变航向。原来是潮水奇怪地加速了。

我立刻睁开双眼,我周围伴随有刺耳的流水声和波光粼粼的细浪。我始终未能脱离伊斯班叒拉号后面几码的旋涡,而大船本身好像也在摇摇摆摆地转变方向,我隐约看见船的桅杆颠了一下,我断定大船也正朝南转弯。

我回头一望,吓得心差点儿蹦出来,我背后就是红红的篝火。潮水已转向右边,把高高的大船和我那不断颠簸的小船一并带走。<u>水流愈来愈急,浪花愈溅愈高,潮声愈来愈响</u>。潮水一路旋转着冲向那个狭小的口子,向宽阔的海洋退去。

排比句,形容风浪的险恶异常。

突然,我前面的大船猛地一歪,大约转了一个二十度的弯。几乎就在同时,从船上传来两次叫喊声,我听到了匆匆登上升降口梯子的脚步声。我知道两个醉鬼最终停止了那场搏斗,终于意识到灾难即将来临。

幽默的说法,说明"我"对自己的前景一点儿信心也没有,只能听天由命。

<u>我趴在可怜的小船底部,把我的灵魂虔诚地交给上帝</u>。到了海峡的尽头,我想自己也许会被汹涌的波浪吞没,那时所有的烦恼都将一了百了。死对我来说并没什么可怕,可眼看着厄运临头却让我无法忍受。

我就这样趴了几个小时,不断地被海浪抛来荡去,每次都担心会被下一次大浪抛入海中。渐渐地,疲倦使我在惊恐万状的情况下打起盹来,最后终于睡着了。我又梦见了家乡和我的"本葆海军上将"老店。

情境赏析

这一章描述了我的"再一次疯狂举动","我"看似疯狂、冲动,但却隐藏着一定的合理性,而且总能在危难之中拯救大家。这说明我虽然年纪最小,但依靠年轻人的勇敢冲劲儿以及智慧,也能够帮助大家化险为夷。

名家点评

斯蒂文森的作品题材繁多,构思精巧,其探险小说和惊险小说更是富有独创性和戏剧性力量。

——老舍

第十六章

巡航的小艇

> 乘着小船的旅途中,"我"意外发现了大船。难道是海盗们已经发现了"我",对"我"穷追不舍?

我 醒来时天已大亮,发现自己被冲到了藏宝岛西南端。这边的山坡几乎伸到海上,形成一堵堵峭壁。

帆索海角和后桅山就在眼前。后桅山是一座深色的秃山,帆索海角被四五十英尺高的峭壁和大块岩石包围。我距离海岸至多只有四分之一英里,所以我首先想到的就是划过去靠岸登陆。

但这个想法很快就被迫放弃了。巨浪不断地拍击着岩石后又被弹了回来,呼啸着形成一股股水柱飞射着,不断地重重地压下来。如果我靠近海岸的话,不是被大浪拍死在嶙峋的岩石上,就是在攀登悬崖峭壁时耗尽精力。

不仅如此,我还看到许多可怕的、软乎乎的东西,像是奇大无比的软体蜗牛:有的在陡峭的岩壁上爬行,有的则扑通扑通跳进海里。这些怪物大约有五六十只。狂叫声在悬崖之间激荡起阵阵回响。

后来我才知道那怪物是海狮,它们根本不会伤人。但是它们的怪模样,加上陡峭的海岸和喷射的海浪,使我不敢再登陆。我宁愿在海上饿死,也不愿冒此风险。

此时，我认为还有一个比较好的办法，帆索海角北面的陆地上随着海水的退潮露出一长条黄沙滩来。在沙滩以北正是地图上标注的森林岬角，它被岸边高大的松林掩盖着。

　　我还记得西尔弗曾经提起过，在藏宝岛的整个西海岸有一股向北的海流。从我所处的位置上看，我已经受其影响了。所以，我决定抛下帆索海角，保持体力准备向看起来温顺得多的森林岬角靠近。

　　海面上泛起大片大片涟漪。从南方吹拂过来的风柔和而有力，它与海流的方向一致，因此海浪一起一伏，平稳而有节奏。

　　要不是这样的话，我早就被海浪吞没了，还有我这只小得可怜的木舟，竟能够如此轻易地闯过一道道难关，也够令人惊叹的。我躺在船底，睁开一只眼睛从小船边向上望去，常常看到一个蓝色巨浪耸立在我的头顶，小船纵身一跃滑向浪涡处。

　　不久我就变得非常大胆，坐起来试着划桨。但只要我的重心稍有变动，就会对小船的航行产生巨大的影响。我刚挪动一下身子，小船就一反先前轻柔的舞姿，顺着海浪的坡面陡然坠落，使我心惊胆战，紧接着船头猛地扎入下一个浪头，溅起许多浪花来。

　　我惊恐万分，急忙躺回老地方，小船才又恢复常态，带着我在海浪中像先前一样温柔地前行。显然，划桨只能妨碍它的前进。既然我无法调整它的航向，又怎能妄想着让它靠岸呢？

　　这确实是个麻烦，好在我还算清醒。我先是小心翼翼地用水手帽舀出小船内的水，然后再一次从船边向四周看，看看它何以能够在海浪中如此平稳地滑行。

　　我发现每个浪头从岸上看起来都像座平整光滑的大山，实际上却像陆地上起伏的丘陵，既有山峰又有平地和山谷。小船只有避开浪峰和波尖，才会穿梭自如。

"看起来，"我思量着，"我必须老老实实躺在原处，不能破坏船的平衡。不过，我也可以在海浪平缓处向岸边划两下。"

主意已定，立刻行动。我用胳膊肘支撑住身体，以极其别扭的方式试着躺下来，不时轻轻地划上一两下，渐渐使船头朝向陆地。这样做起来非常累而且慢，但效果显著。当我靠近森林岬角时，虽然向东偏离了几百码，但总算靠近陆地，看得见被风吹得偏向一边的绿莹莹的树梢，我决定一定不能错过下一个岬角。

接下来需要找一个阴凉处靠岸，因为我已口干舌燥。可看起来近在咫尺的树林可望而不可即，这使我更加难受。潮流很快把我冲过了岬角。下一片海面出现后，显现在眼前的景观使我改变了原来的想法。

因为就在我正前方不到半英里处，伊斯班袅拉号正在扬帆航行。我坚信他们迫切要把我抓住，但我实在口渴难忍，我已惊愕得不知如何是好，只能睁大眼睛呆呆地望着。

伊斯班袅拉号扯着主帆和两张三角帆，美丽的白帆在阳光下银光闪闪，洁白如雪。它正朝着西北方航行。我猜想船上的人可能想绕过小岛转回锚地。然而现在它开始愈来愈向西偏，因此我以为他们发现了我，要追过来抓住我。可是，最终它却转向风吹来的方向，完全处于逆风状态，无助地停泊在那儿，船帆不住地颤抖。

"一群笨蛋！"我自言自语，"他们一定醉得像死猪。"我心想斯莫列特船长定会好好教训这群混蛋。

这时，大船逐渐偏向下风处，重新张开一张帆转向另一边，快速地航行一分钟左右，然后重又对准风吹来的方向，无法前进。这样周而复始地转了几次，伊斯班袅拉号前前后后、东西南北横冲直撞。每次大转弯过后又恢复原状，只是船帆噼里啪啦地空飘一阵。我这才意识到，原来船上没有人驾驶。那么，人都哪儿去了呢？他们或是醉得像死人一般，或是已离开大船。我思量着，如果我能登上大船的话，我可能会使它重新回到船长手中。

潮流以同样的速度带着大船和小船向南滑行，但大船的航行让人摸不着头脑，每次在风口处都停好长一段时间，既没有倒退一步，也毫无进展。我若是坐起来划船的话，定能追得上它。这个想法刺激着我，再想到船上放置的淡水桶，更加坚定了我的信心。

我刚坐起来，立刻又被溅得一身水，但这次我下定决心，奋力而又谨慎地朝着无人驾驶的伊斯班袅拉号划去。

有一段时间，情况对我来说糟糕透了——大船不再打转了。船头几乎朝向正南方，当然不时略有偏差。它每次偏离，风就鼓起部分船帆，这样就又立刻使它对准风向。

但我终于得到了机会。有那么一段时间，风速慢下来了，伊斯班袅拉号在潮流旋转的带动下慢慢又开始打转，终于让我看到了船尾。船舱的窗子依旧大开着，挂在桌子上的那盏灯仍然点着。主帆像一面旗子耷拉着，要不是借着潮流的带动，船肯定会停滞不前。

在我距离船不足一百码时，风又猛地刮起来。船帆鼓满风向左舷一转又滑行起来，像燕子般掠过水面。

我先是感到一阵失望，继而又转忧为喜。伊斯班袅拉号掉转船头，把它的一面船身靠近我，直到把小船和大船的距离缩短为原来的一半、三分之一、四分之一……我已经看到波浪在船的龙头下翻腾的浪花。我从小船上仰望大船，它显得异常高大。

这时，我才突然意识到事情的不妙，可我已来不及考虑，也来不及采取措施保护自己。当大船越过一个浪头时，小船正处在另一个浪头上。船头倾斜的桅杆正好在我的头顶上方。我纵身一跃，小船被打入水中。我一只手攀住三角帆，一只脚夹在绳索和转帆索的缝隙中。就在我提心吊胆地悬在那里的时候，一丝不易被察觉的撞击提醒我：大船已经把小船撞沉了。我就此被切断退路，只能留在伊斯班袅拉号上了。

第十七章

"我"登上了大船后,里面是怎样的一番场景呢?"我"遇到了什么人?

降下骷髅旗

我刚攀上船头的斜桅,三角帆就像放炮似的"啪"的一声被风吹得张了起来,转向另一边。大船转弯时全身无处不震动。这一震差点儿把我抛下海去,我及时地顺着斜桅爬过去,终于一头跌倒在甲板上。

我处在水手舱背风的一侧,主帆仍张满了风,挡住了我的视线,使我看不到后甲板的一部分。船上一个人影也没有,甲板上留有许多脚印,一只空酒瓶从颈口处被摔断,在排水孔之间滚来滚去。

突然,伊斯班袅拉号又把船头正对风口。我身后的三角帆又是"啪"的一声响,接着是舵发出的砰然巨响,整个船猛地一抖,简直要把我的五脏六腑都翻出来了。就在这一瞬间,主帆桁晃到舷内一侧,帆脚索的滑车呻吟了一声,下风处的后甲板一下子暴露在我面前。

那里赫然是两个留守的海盗,戴红帽的那个家伙四脚朝天地躺着,一动也不动,他龇牙咧嘴,伸着两条胳膊,像被钉在了十字架上。伊斯莱尔靠舷墙坐着,两腿笔直地伸着,下巴耷拉在胸前,双手摊开平放在他面前的甲板上,棕黑色的脸已苍白如蜡。

船每震动一下，戴红帽的那个家伙就跟着左右滑动，叫人心惊胆战。同样，船每震动一下，汉兹的腿就伸得更远些，整个身体越来越靠近船尾。我渐渐看不到他的脸，最后只能看到他的一只耳朵和半匝蓬松的胡子。

同时，我发觉他俩身边的甲板上血痕斑斑。我想他们一定是酒醉后自相残杀，同归于尽了。

我正惊讶地看着这情景，船停了下来。就在这片刻安宁中，伊斯莱尔·汉兹侧过身子低声呻吟了一声，扭动了一下身子后恢复了原来的姿势。那一声呻吟表明他很痛苦，身体处于极度虚弱状态。他张着嘴、耷拉着下巴，让我不禁怜悯起他来。但一想到我躲在苹果桶里偷听到的那些话，怜悯之心顿时化为乌有。

我朝船尾走去，到主桅前边停了下来。

"向你报到，汉兹先生。"我笑着对他说。

他勉强转动了一下眼珠，显出筋疲力尽的样子。此时他已神志不清，只嘟哝着说了句："白兰地！"

我晓得我连一分钟也不能耽误。在帆桁再次晃荡着掠过甲板时，我一闪身滑到船尾，顺升降口的梯子爬进船舱。

我眼前的景象是一片混乱，简直令人难以置信。凡是上锁的地方都被撬开了，显然是为了找到那张地图。地板上厚厚地沾着一层泥浆，也许那群恶棍从沼泽地里跑回来后就坐在这里喝酒或商量怎样办。漆成纯白、嵌着金色珠粒的舱壁上留着泥手印。好几打空酒瓶随船的颠簸而叮叮当当地碰撞着，从一个角落滚到另一个角落。医生的一本医学书被平放在桌子上，一半书页已被撕掉。我猜想是用去卷烟抽了。在桌子上方有一盏被熏成咖啡色的灯，还发着微弱的光。

我走进窖舱,所有的酒桶都空了,空酒瓶扔得到处都是。无疑,海盗们自从内乱以来没有一人能保持头脑清醒。

我找了半天,发现了一只酒瓶里还剩下一点点白兰地,我打算拿给汉兹喝。我为自己找到了一些干面包、一些水果干、一大把葡萄干和一块乳酪。我把这些吃的都带到甲板上,放在舵柄后面副水手长够不着的地方,然后来到淡水桶旁,喝了个够,最后才把那点儿白兰地递给汉兹。

他一口气至少喝了四分之一品脱,然后才放下酒瓶子。

"哎!"他叹了口气,"他娘的,我刚才就缺几口这玩意儿!"

我已在角落里坐下来开始吃东西。

"伤得厉害吗?"我问他。

他咕哝了一声,听起来更像是狗叫。"要是那个大夫在船上,"他说,"我过不了多久就能好起来,可是我不走运,你看,现在落到这步田地。那个狗杂种死了,"他指了指戴红帽的那个家伙说,"他一点儿也不像个水手。你是打哪儿来的?"

"哦,"我说,"我是来接管这艘船的,汉兹先生。在没有接到进一步指示之前,请把我当做你的船长。"

他轻蔑地看了我一眼,酸溜溜的,但什么也没说。他的两颊恢复了些血色,但是看起来还很弱。船颠簸时他的身体还继续侧向一边,贴着甲板。

"对了,"我继续说,"我不能要这面旗,汉兹先生,请允许我把它降下来。宁可不挂旗,也不能挂它。"

我再次躲过帆桁跑到旗索前,降下那该死的海盗旗,扔出船外。

"上帝保佑!"我挥动帽子喊道,"让西尔弗船长见鬼去吧!"

汉兹一直狡诈地看着我,下巴一直耷拉在胸前。

"我看，"他终于开口道，"霍金斯船长，你大概打算到岸上去吧。来，让咱俩好好谈谈。"

"好哇，"我说，"我非常愿意，汉兹先生，请说下去。"

"这个家伙，"他把头转向那个死人说道，"他叫奥布赖恩，是个爱尔兰人。他跟我扯起了帆，打算把船开回去。现在他死了，我不知道该由谁来掌舵。要是没有我指点你，你是应付不了的。只要你给我吃喝，再用一条围巾或手绢把我的伤口包起来，我就告诉你怎样驾驶。这叫公平交易。"

"我可以告诉你一件事，"我说，"我不准备回到弗林特船长锚地去。我打算把船开到北汊，慢慢地把船靠到岸边。"

"那好极了！"他叫了起来，"归根结底，我也不是个笨蛋。难道我不懂吗？我碰了一下运气，结果输了。你说把船开进北汊就开进北汊，我听你的！"

他的话不无道理，我们的交易就此成交。三分钟后，我已使伊斯班衾拉号沿着藏宝岛的西海岸轻松地顺风行驶，很有希望在中午以前绕过北角，然后转回东南方向，在涨潮时赶紧开进北汊，让高涨的潮水把船冲上浅滩，再等退潮后上岸。

于是我拴牢舵柄，走到船舱，从我自己的箱子里取出一条母亲给我的柔软的丝绸手绢。我用这条手绢帮着汉兹把大腿上还在流血的伤口包扎好，那是被弯刀捅的。随后他吃了点儿东西，又喝了两三口白兰地。他能坐直了些，嗓门也高了，口齿也伶俐了，精神状态明显地好转，跟刚才简直判若两人。

船像鸟儿一般乘着风飞翔，两岸美景尽收眼底。不久，我们就驶过了高地，在沙地旁滑行。不一会儿，我们把沙丘抛在了后面，绕过了海岛最北端的一座岩石丘。

这项新职务让我感到很得意。我现在有足够的淡水和那么多好吃的东西，原来还因不辞而别感到内疚，现在由于获得这样大的胜利而备感欣慰。我已没有什么奢求的了，只是汉兹总是用不屑的目光盯着我。我在甲板上走到哪里，他那双眼睛就盯到哪里，脸上还挂着诡谲的笑容。这是一个糟老头子的微笑，一定程度上显现出他的痛苦和衰竭。除此之外，他的微笑让人感觉到一种冷嘲热讽，似乎还有什么图谋不轨。

第十八章

伙计的短暂相处——和伊斯莱尔·汉兹

> 船上的海盗汉兹一直想杀"我",他得逞了吗?"我"是怎么样对付他的?

风好像是特意讨好我们,现在转成了西风。我们不费吹灰之力就从岛的东北角驶到北汊的入口处。只是,因为我们没有锚索之类的东西,所以我们必须等到潮水涨得再高些,才能让船停在岸滩上。

汉兹教我怎样按照风向掉转船头停驶,经过多次试验后终于成功地把船停下来。然后,我们坐了下来,又吃了一顿。

"船长,"他终于开口了,脸上还是那副叫人不愉快的笑容,"地上躺着的是我的老伙计奥布赖恩。让我说,你还是把他扔到船外边去吧。我只觉得让他这么躺在船上很碍眼,你觉得呢?"

"我没那么大的劲儿,况且也不愿意干。依我看,就让他在那儿待着吧,挺好。"我答道。

"这条倒霉的伊斯班袅拉号可真不吉利,吉姆。"他眨了眨眼睛继续说道,"自从你我离开布里斯托尔出海以来,这条船上死了多少可怜的水手!我从未遇到过这样倒霉的事。就说这个奥布赖恩吧,他不也送了命吗?哎,我学问不深,你是个能读会算的小家伙,直截了当地告诉我:一个人就这样完了吗?人是否还能转世?"

"你可以杀死一个人的肉体,却杀不死他的灵魂。这一点,你应该知道。"我答道,"奥布赖恩已经到了另一个世界,他也许正盯着我们看呢。"

"哦!"他说,"那可真晦气,看来杀人这事简直是浪费时间。不管怎样,照我说,鬼魂又算得了什么?要是有机会的话,一定要和他较量一番。吉姆,现在我想让你到船舱里给我拿瓶葡萄酒。这白兰地太烈,我的脑袋受不了。"

副水手长的健忘看起来不太自然,至于他想喝葡萄酒而不是白兰地,我绝不相信。他编造的这一切,只不过是想让我离开甲板罢了;但他究竟有何目的,我却怎么也想不出来。他总是避开我的视线,东张西望,左顾右盼,还不时伸伸舌头做出抱歉或不好意思的样子,连小孩子也能看得出来这家伙没安什么好心。

不过,我还是爽快地答应了他——对付这种蠢蛋,我不能流露出自己的任何想法。

"葡萄酒?"我说,"红的还是白的?"

"无所谓,朋友,"他回答说,"只要烈一些、多一些就好,其他的都无所谓了!"

"那好,"我答道,"我去给你拿红葡萄酒来。不过,我还得找一阵儿。"

说完,我急忙从升降口跑下去,一边尽量弄出很大的响声。然后,我脱了鞋,悄声穿过圆木走廊,登上水手舱的梯子,把头伸出前升降口。我知道他料不到我会躲在这里,不过我还是尽可能小心。

不出所料,我的怀疑完全得到了证实。

汉兹离开了原来的地方,用两手和两个膝盖爬行。很显然,在爬行时他的一条腿疼得钻心，然而他还是尽量以很快的速度在甲板上匍匐前进。只有半分钟的工夫，他就横越甲板爬到左舷的排水孔那里，从盘成一堆的绳子底下摸出一把长长的小刀，可以说是一把短剑，上面的血一直染到了刀柄上。汉兹伸出下巴看了看刀，又用手试了试刀尖，然后急忙把它藏在上衣内侧，爬回了老地方。

伊斯莱尔能够爬行，现在他又有了武器。既然他想尽办法支开我，很显然，他想把我当成他的战利品。接下来他想干什么——从北汉爬过海岛回到沼泽地中的营地去呢，还是想开炮通知他的同党来救他呢？

不过有一点我可以确信，那就是：我们在如何处理伊斯班臬拉号的问题上毫无利害冲突。我俩都希望它能停泊在一个避风的地方，到时候才可能顺利地把它带回去。在做到这一步之前，我想我的生命不会有什么危险。

我脑海里正思量这些事的时候，身体并没闲着。我偷偷溜回船舱，穿上鞋子，随手拿起一瓶酒，重新回到甲板上。

汉兹仍像我离开他时那样躺着，全身缩成一团，耷拉着眼皮，好像怕见光。不过，我走过去时他还是抬头瞧了我一眼，照旧说了声"好运连连！"然后砸断瓶口，咕咚咕咚喝了个痛快。接着，他躺下来，取出一条烟叶，要我切下一小块。

"好的，"我说，"我给你切下来一点儿。话说回来，如果我是你，我会在自己感觉要不行了的时候，跪下来像个虔诚的基督徒一样做祷告。"

"为什么？"他问，"告诉我，我为什么要忏悔？"

"为什么？"我惊讶地喊道，"你刚才还问我人死后会怎样。你背弃了你的信仰，犯了许多罪。眼前你脚边就躺着一个被你杀死的人，你还问为什么！求上帝饶恕你吧，汉兹先生！"

我说得有些过火了，我以为他会用那把沾满血迹的短剑结果了我。可他没这么做，而是用异常严肃的口气回答我。

"三十年了，"他说，"我一直航海，好的、坏的，走运的、背运的，风平浪静和大风大浪，缺粮食，拼刀子，我什么没见识过？老实对你讲，我从来就没见过好人有好报。我认为先下手为强，后下手遭殃。死人不咬活人——这就是我的看法。"他忽然变了腔调，"好了，咱们扯远了。潮水已涨得够高了，听我指挥，霍金斯船长，咱们肯定会把船开进北汉的。"

我们的船只需再走两英里就到了，但航行起来却不是一帆风顺的。北锚地的入口不仅又窄又浅，还东拐西拐的。要是没有高超的技术来驾驶的话，船是开不进去的。我认为自己是个精明强干的驾驶员，汉兹是个出色的领航员。我们绕来绕去，东躲西闪，船走得平稳灵活。

船刚通过两个尖角，立即就被陆地包围起来。北汉的岸上同南锚地的沿岸一样，被茂密的树林覆盖着；但这里的水域比较狭长，实际上更像个河湾。从周围的情况来看，这锚地是平静而安全的。

"你看，"汉兹说，"那里沙地平滑无比，一丝风也没有，从那儿冲船上岸正合适。"

"可是上了岸，"我问道，"怎么才能再把船开出去呢？"

"那好办，"他答道，"你在落潮时拉一条绳到那边岸上去，绕在一棵大树上，再把绳拉回来绕在绞盘上，然后躺下来等着涨潮。等水涨船高，大伙一起拉绳子，船就会动。注意了，孩子，准备好。咱们现在已靠近沙滩，船走得太快。向右一点儿——对——稳住——再向右——向右一点儿——稳住——照直走！"

他这样发号施令，我聚精会神地听着，直到他突然大叫一声，"注意，我的心肝，转舵向风！"我使劲儿转舵，伊斯班袅拉号来了个急转弯，直冲向长有矮树的低岸。

这一连串的动作让我非常紧张，我甚至完全忘记了自己的危险。当我突然回过神来时，我发现那可恶的汉兹已经手握短剑向我走来。

当四目相遇时，我们两人都大叫起来。就在这一刹那，他扑了过来，我朝船头那边闪过去。我躲开时，舵柄从我手里脱掉，立即反弹回来。不料正是这一弹救了我的命，舵柄击中汉兹的胸部，使他一时动弹不了。

在他回过神来之前，我已经安全地离开了被他逼近的角落，现在我可以在整个甲板上躲闪。我在主桅前站住，从口袋里取出一支手枪。尽管他已经转过身来，再次向我直扑过来，我还是镇定地瞄准扣动扳机。撞针已经落下，可是既没有火光，也没有响声。原来，火药被海水弄潮了。我暗自责怪自己不该这样粗心大意，以至于落得现在这样狼狈不堪的样子——像只待宰的羔羊。

汉兹受伤后的动作之快令我吃惊。他那斑白的头发披散在脸前，满脸通红。我很清楚不能在他面前一味退却，否则他很快就会把我逼到船头上去，像刚才他把我逼到船尾上去一样。一旦被他抓住，他那把血淋淋的短剑，将会是我有生以来尝到的最后一种滋味。我抱住粗壮的主桅等着，每一根神经都绷紧了。

他看到我有躲闪的意图，也停了下来。有那么一会儿，他假装要从这边或那边围过来抓住我。我就相应地忽而向左闪，忽而向右闪。

就在这种情况下，伊斯班袅拉号突然一震，摇摇晃晃冲上浅滩，船底擦到了沙地上，船身迅速地向左舷倾斜，直到甲板成四十五度角竖了起来。大约有一百加仑的水从排水孔涌进来，在甲板和舷墙之间形成了一个水池子。

顿时，我们两人都失去了平衡，几乎扭在一起滚向排水孔。我和副水手长挨得那么近，以至于我的头"咚"的一声撞在了他的脚上，差点把我的牙撞掉。尽管如此，我还是先站了起来，因为汉兹被尸体缠住了。船身突然倾斜，使甲板上没有地方可以躲闪。我必须想出新的办法逃命，并且一秒钟也不能耽搁，因为我的对手几乎就要扑过来。说时迟，那时快，我一跃身爬上后桅支索的软梯上，两手交替着一节一节向上爬。一直爬到桅顶横桁上坐下来，才松了一口气。

多亏我动作敏捷才得以脱身。我向上爬的时候，只见剑光在我下面不足半英尺处"刷"地一闪，刺了个空。汉兹仰张着口站在那里，如同一座雕像。

利用这喘息的机会，我抓紧时机把手枪换上弹药。一支已准备好，但为保险起见，我索性把另一支手枪也重新装上弹药。

汉兹做梦也没想到我会来这一手，他开始明白情势对他已经不利。所以，一阵犹豫过后，他用嘴叼着剑，拖着沉重的身体费力抓住软梯往上爬。他忍着疼痛，拖着那条受伤的腿好不容易爬上来。我已经把两支手枪都重新装好了弹药。他刚刚爬到三分之一处，我就两手执枪，开始对他喊话。

"汉兹先生，"我说，"你再敢爬一步，我就打烂你的脑袋！"

他立即停了下来，从他面部肌肉的抽动可以看得出，他正在冥思苦想。他想得太慢太费劲儿了，这让我不禁放声大笑。他咽了几口唾液才开口说话。

"吉姆，"他说，"别耍花招了，我们来定个君子协定吧。要不是船突然倾斜，我早就干掉你了，但是我实在是倒霉，看来我不得不服了。一个老水手败在你这样一个刚上船的毛孩子面前，真让人心里不好受，吉姆。"

我正陶醉于他这番讨好中，得意扬扬的样子像一只飞上墙的公鸡。忽然，只见他的右手向背后一挥，不知何物"嗖"的一声像箭一般飞过来。我感到肩膀一阵剧痛，自己的一只肩膀竟然被钉在了桅杆上。顷刻间，我的两支手枪一齐射响。随着一声没有结束的叫喊，汉兹松开了抓住软梯的手，头朝下掉进了水里。

第十九章

重回寨子

"我"安全回到了"我们"的驻地——木寨子，可是却意外听到了"八个里亚尔"的恐怖叫声。这究竟是怎么回事？

由于船身的倾斜，桅杆伸出水面上方很远。我坐在桅顶横桁上，下面只有一湾海水。汉兹刚才爬得不高，或是说离甲板不远，因此掉在我和舷墙之间的水里。他曾从鲜血染红的水沫中浮起一次，随后就又沉了下去，再也没浮上来。他本打算在这个地方把我干掉，没料到自己倒喂了鱼。

此时我感到恶心、头晕、恐慌。钉在桅杆上的短剑像烙铁一般灼热难忍，热血从我背上、胸前淌下来。让我惊慌恐惧的倒不是这点儿皮肉之苦，我怕的是从桅顶横桁上掉进平静的碧水中，挨到那个讨厌的尸体。

我用双手死死抓住横桁，直到指甲感到疼痛。我闭上眼睛，不敢正视。渐渐地，我神志清醒过来，心跳恢复正常，恢复了自制力。

我第一个念头就是把短剑拔出来，但也许它在桅杆上插得太深了，也许是我太虚弱了，总之是力不从心，只好放弃了这个念头。这时，我猛地打了个寒战。说来也怪，正是这个寒战起了作用。那把短剑事实上再偏一点儿就伤不到我了，它只擦着我一层皮，我这一哆嗦就把这层皮撕断了。血当然比先前淌得更厉害，不过我的身体自由了。

我猛地把衣服也从桅杆上扯了下来，然后从右舷软梯又回到甲板上。我已饱受惊吓，浑身颤抖，再也不敢从支在船外的软梯上下去，伊斯莱尔刚才就是从这里掉下水去的。

我下到船舱，想办法包扎伤口。肩膀疼得厉害，伤口不深，血还不停地淌，但没什么危险，也不太妨碍我活动胳膊。我向四周看了看，从某种意义上讲，这条船属于我的了。因此，我开始考虑清除船上的最后一名乘客——奥布赖恩的尸体。

我拖住奥布赖恩的腰，像提一袋麦皮那样举起来，用力扔出了船外。

现在，船上只剩下我一个人了。潮水刚开始转回，太阳快落山了。晚风吹起来，虽然有东面的双峰山挡着，船上的索具开始嘤嘤轻唱，闲着的帆也来回晃得啪啦啪啦响。

我开始感到船面临着危险。我迅速放下三角帆扔到甲板上，但却难以对付主帆。船倾斜时，主帆的下桁当然斜到了船外，桅杆头连同两英尺左右的帆平垂在水下。我想这使得船更难以平衡了。但是帆篷绷得那么紧，我束手无策。后来，我终于掏出刀子割断升降索。桁端的帆角立即落下，松弛的主帆挺着大肚子漂浮在水面上。我无论如何用力也拉不动收帆索，只能让伊斯班袅拉号听天由命，就像我一样。

这时，整个锚地都笼罩在薄暮中。在夕阳的余晖中，潮水很快地退回大海，大船愈来愈倾斜，眼看就要倒下去。

我爬到船头上向舷外看了一下，水已够浅了，我用两只手抓住断了的锚索，小心谨慎地翻到船外。水深仅及腰部，沙地坚实，有起伏的波浪。我兴致勃勃地登上岸，撇下在海湾上面张着主帆、歪倒在一旁的伊斯班袅拉号。

第十九章 | 重回寨子

我总算从海上回到了陆地,而且不是空手回来的。船上反叛的海盗已被肃清,现在船停在那里,随时可以载着自己人重新回到海上去。我恨不得立即回到寨子里向大家炫耀我的功劳。也许,夺回伊斯班袅拉号是对我擅离职守最好的解释。

我这样想着,心情好得不能再好。我开始朝木屋的方向出发。我记得流入基德船长锚地的几条小河中,最东的一条发源于我左边的双峰山。于是我就折回那座小山,打算在源头蹚过小河。这里树木稀疏,我沿着较低的斜坡走,不久就绕过山脚。又过了一会儿,我蹚过了小河,河水刚刚没过小腿的一半。

这里已靠近我遇到本·葛恩的地方。现在我走得比较谨慎,眼睛留意着两边。天完全黑了下来。当我通过双峰之间的裂谷时,注意到天空有反射的光,我猜想是那个岛中人在烧得很旺的篝火前做饭。我心中暗暗纳闷,他太粗心了,我都能看到火光,难道住在岸边沼泽间的营地里的西尔弗就看不到吗?

夜色越来越深,我只能向我的目的地的大致方向前进。我背后的双峰山和我右侧的望远镜山的轮廓愈来愈模糊,星星稀少而又暗淡。我走在低地上,常被灌木绊倒,滚进沙坑里。

我借着月光想赶快走完余下的路,于是,我走一阵,跑一阵,急着想靠近寨子。当我走过栅栏外围的树丛时,没敢冒冒失失,而是放慢了脚步,更加小心。我想万一被自己人误伤的话,那我历险的结局就太惨了。

月亮越升越高,在树林较为稀疏的地方,处处洒满月光。但在我正前方的树丛中,却出现与月光不同的亮光。这是一种炽热的红光,忽而又暗淡下来,像是篝火的余烬还在冒烟,弄得我百思不得其解。

我终于来到寨子所在的林中空地边上。空地的西缘已沐浴在月光下，其他包括木屋在内的部分，还笼罩在黑影中，但也被一道道银色月光穿透，像是黑白相间的棋盘。在木屋的另一面，一大堆火已经烧得只剩下透明的灰烬，反射出通红的光，与柔和恬淡的月光形成了强烈的对比。哪儿也不见人，除了风声，一片寂静。

我停了下来，心中很纳闷，还有点儿害怕。这么大的火不可能是我们点的。按船长的命令，我们要尽量节约柴火。我开始担心，在我离开的这段时间里不知道发生了什么事。

我偷偷地绕到东端，尽可能躲在阴暗处，选择一处最暗的地方翻过栅栏。

为了确保安全，我趴在地上，一声不响地爬向木屋的一角。当我挨近那儿的时候，我的心一下子放下来了。因为我听到了同伴们熟睡时一齐发出的鼾声，听起来简直像奏乐，航行时值夜人那动听的"平安无事"的喊声也没有这样令人放宽心。

不过，有一点是肯定的：他们的岗哨放得太不像样了。要是西尔弗一伙人现在偷袭我们的话，肯定没有一个人能活到天亮。我认为这是船长负了伤的缘故。于是，我又一次责怪自己，不该在派不出人放哨的时候撇下他们，使大家面临这样的危险。

此时，我已经爬到门口站了起来。屋里漆黑一片，什么也看不清楚。除了能听到不断的呼噜声外，还能听到一种不寻常的响动，像是什么东西在扑扇着翅膀或啄食。

我伸手摸索着移步走进木屋，打算躺到自己的位置上去，一边还在暗暗偷笑——明天早晨，他们要是发现了我该有多惊讶啊！

我被一个软乎乎的东西绊了一下，那是一个人的腿。腿的主人嘟囔了一句，但没醒。

这时，忽然从黑暗中响起一个尖锐的声音："八个里亚尔！八个

里亚尔！八个里亚尔！八个里亚尔！"

这声音一直持续下去，既不停，也不走调，像一架极小的风车转个没完。

这是西尔弗的绿鹦鹉！我刚才听到的原来是它啄树皮的声音。原来是它在放哨，而且比任何人都尽职尽责。它就是这样用不断的重复来发出警报，暗示我的到来。

睡着的人被鹦鹉那刺耳的叫声惊醒后，一个接一个地跳起来。我听到西尔弗那可怕的咒骂声："什么人？"

我转身想跑，但猛地撞到一个人，刚退回来，又正好撞在另一个人怀里，那人立即紧紧抱住我。

"狄克，快拿火把来。"西尔弗吩咐道，看来被俘已成事实。

很快就有人从木屋外带着一支火把进来了。

第二十章

身陷敌人阵营

寨子里睡着的竟然是海盗们，看来他们已经占据了这个阵地。那么医生和乡绅他们呢？难道他们被海盗杀害了？

我所料想的最坏的局面在火把的照亮下呈现出来。海盗们已占领木屋和粮食，但我没见到一名俘虏，我只能万分恐惧地假定他们已全部遇害。此时，我因自己没有能与他们同甘共苦而受到良心的谴责。

屋里一共只有六名海盗，其中五个突然从醉梦中跳起来，他们满脸通红，杀气腾腾。第六个刚刚用胳膊撑起身子，面如死灰，缠在头上的绷带渗出血迹来，说明他是新近受伤的。我记得在昨天的枪战中被击中后逃回树林里去的那名海盗就是这个人。

西尔弗本人看起来面色更加苍白，脸部肌肉绷得比平时更紧。

"哦，"他说，"原来是吉姆·霍金斯啊，上这儿来做客啦？来得好，欢迎欢迎！"

他在白兰地桶上坐下来，开始装一斗烟。

"让我借个火，狄克，"他说。在点着了烟斗后，他又加了一句，"行了，伙计们，把火把插在柴堆上吧。

"我"是多么的自责与愧疚！

杀气腾腾：凶恶的气势翻涌。形容异常恼怒与敌对的情绪。

故作轻松的色厉内荏。

西尔弗此刻用的多是反讽的腔调和口吻。

你们可以随便些,不必站在那儿,霍金斯先生不会介意的。"他吸了一口烟又说,"吉姆,你来这里真让我可怜的老约翰喜出望外。我第一次见到你就看出你是个机灵的小家伙,但你这会儿来,我实在弄不明白是为什么。"

我想对于这些话还是一言不发为妙。接着,他们把我按在墙壁上,背靠着站在那儿。我盯着西尔弗的脸,心里已经绝望但表面上却毫无惧色。

西尔弗不动声色地吸了一两口烟后又侃了起来。

"吉姆,既然你已来到这儿,"他说,"我想同你好好聊聊心里话。我一向很喜欢你,你是个有头脑的小家伙,就跟我年轻的时候一样。我一直希望你能加入我们这边,得了财宝分给你一份,保你一辈子吃不完用不尽。现在你到底来了,好孩子。斯莫列特船长是个好航海家,可是他太墨守成规。他常说'尽职尽责,尽职尽责',这话在理儿。可你竟撇下你们的船长,一个人跑了。大夫对你恨得咬牙切齿,骂你是个'没良心的狗东西'。说来说去,你不能再回到那边去了,因为他们不想再要你。除非你做个光杆司令,否则,你就不得不加入我西尔弗一伙。"

还好,我的朋友们还活着。虽然西尔弗的话我有一部分相信,比如他说大夫他们对我擅自逃跑的行为极为恼火,但听了这番话,与其说感到难过,不如说感到欣慰。

"你落到我们手里,这不用我说,"西尔弗继续讲下

喜出望外:遇到出乎意料的喜事而特别高兴。

墨守成规:战国时墨子善于守城,后来用"墨守成规"形容因循守旧、不肯改进。

敌人"主动交代"了朋友们还活着的现实,令"我"欣慰。

去，"你自己也清楚，我主张心平气和地讲道理，我以为强行逼压没有什么好处。你要是想干，就加入我们这伙；你要是不干，吉姆，尽可以回答不干，我绝不强求。伙计，要是哪个水手能说出比这更公道的话，让我不得好死！"

> 心平气和：心里平和，不急躁，不生气。在这里，敌人其实是在威胁，意思是如果"我"不答应，就会采取一定措施甚至暴力手段。

"你要我回答吗？"我问。我感觉在这番捉弄人的言语背后，隐藏着随时置我于死地的威胁。我的心怦怦跳，两颊发热。

"小家伙，"西尔弗说，"没人强迫你，好好想想，我们不催你。伙计，你看，跟你在一起的时间过得总是很愉快的。"

"好吧，"我说，我给自己壮了壮胆子，"如果让我选择的话，我想说我有权知道究竟发生了什么事，你们为什么在这儿？我的朋友哪儿去了？"

"发生了什么事？"一个海盗用低沉的声音嘟囔着，"鬼知道究竟发生了什么事！"

"没问你，你还是给我闭上你那臭嘴，朋友。"西尔弗喝住开口的人。接着，他还是用先前那种文雅的语气回答我说："昨天早上，利弗西大夫打着白旗来找我们。他说，西尔弗船长，你们被扔下了，因为船已经开走了。是的，也许趁我们喝酒唱歌的当儿，他们把船开走了。这一点我不否认，至少我们没有谁发觉到。我们跑过去一看，船果真不见了。大夫说，那好，让我们谈谈条件吧。我跟他讲妥了条件，我们到这里来，补给品、白兰地、木屋，还有柴火，都归我们所有。至于他们，

> 西尔弗的变脸速度相当快，可以看出他的狡诈、狠毒。

反正已离开此地。现在他们在哪儿，我可不知道。"他又不紧不慢地吸了几口烟。

"就这些吗？"我问。

"可以让你听的就这些了，我的孩子。"西尔弗答道。

"现在就要我作出选择，是不是？"

"对，现在就决定，你可以相信我。"西尔弗说。

"好吧，"我说，"我不是个傻瓜蛋，不至于笨到不知道该选择哪条道。随你们怎么处置，我都不在乎。自从认识你们以来，我就看到死了不少人。不过有几件事我要对你们讲，首先，你们在这儿的处境不妙，船丢了，财宝丢了，人也丢了，你们整个计划都弄糟了。如果你们想知道是谁干的——告诉你们：是我！是我在发现陆地的那天晚上，躲在苹果桶里听到了你和狄克、汉兹的谈话，不到一小时，我就把你们说的每一句话都告诉了船长。至于那条船，也是我割断绳索，杀死了你们留在船上看守的人，是我把船开到你们任何人都见不到的地方。该嘲笑的是你们。这件事，刚开始我就占了上风。你们在我看来并不比一只苍蝇可怕，要杀要放随你们的便，我只想提醒你们一句，如果你们因为当过海盗受到审判，我将尽我所能救你们的命。现在该轮到你们选择了：再杀一个，这对你们没什么好处；要是放了我，留下一个证人，还可以让你们免受绞刑。"

我停下来歇了口气，因为我已说得上气不接下气。<u>使我惊奇的是，他们全都一动不动，像一群绵羊似的盯着我</u>。趁他们仍盯着我看的时候，我又讲开了。

"我"这一番长篇大论在证明自己勇敢和无所畏惧，同时告诉敌人，"我"并不惧怕他们。

因为这些事是海盗们事先不了解的，所以有些震惊和诧异。

"西尔弗先生，"我说，"我相信你是最聪明的人。万一我有个三长两短，烦你让大夫知道我是怎么牺牲的。"

"我会记住的。"西尔弗说。他究竟是在笑话我提出的请求呢，还是被我的勇气打动了呢？他的语调令人费解，我这辈子也弄不明白。

费解：指说的话不好懂。

"哦，我记起来了，是他认出了黑狗。"一个面似红松的老水手说。他姓摩根，我是在高个儿约翰开设在布里斯托尔码头上的酒店里看见他的。"是他认出了黑狗。"

"对了，还有，"船上的厨子又添了一句，"就是这小子从比尔·彭斯那儿弄走了地图。总而言之，我们的事都是坏在他手里！"

他们现在终于知道，面前看似不起眼的小家伙一直在和他们作对。

"那就送他上西天！"摩根说着骂了一句。

他拔出刀子跳了起来，好像二十岁的小伙儿那样激动。

"站住！"西尔弗喝道，"你是什么人，汤姆·摩根？你大概以为你是一船之长吧？我要好好教训教训你！让你知道我的厉害。跟我作对，就是送死。三十年来，凡是跟我过不去的人，有的被吊上帆桁顶上，有的被扔到了海里，都喂了鱼。还没有一个人得到过好下场。汤姆·摩根，不信你就走着瞧。"

摩根不言语了，但是其他人还在那儿嘀嘀咕咕的。

嘀嘀咕咕：小声说话，私下里说。这里形容海盗们惧怕西尔弗，但是又都对他不满，只能私下议论。

"汤姆说得对。"一个人说。

"我让别人摆布够了！"另一个补充说，"要是再让你牵着鼻子走，约翰·西尔弗，我宁愿被绞死。"

"诸位还有什么话要对我说吗?"西尔弗吼道,从酒桶上弯身向前,右手握着还未灭的烟斗,"有话就讲,你们又不是哑巴,想说的就站出来。我活了这么大的岁数,到头来岂能让一个酒囊饭袋在我面前吵吵嚷嚷?你们要晓得,你们都是凭命运过日子的,应该懂得这行的规矩。我准备好了,有能耐的就把弯刀拔出来比试比试!虽然我只有一条腿,但我可以在一袋烟烧光之前,让他白刀子进去,红刀子出来。"

听了西尔弗的话,没有一个人动弹,也没有一个人出声。

"你们可真算是好样的,嗯?"他又说了一句,把烟斗重新叼在嘴上,"瞧你们那副德性,站出来较量较量都不敢,连话都听不懂。我是你们推选出来的船长,因为我比你们高明。既然你们不想像一个真正的海盗那样跟我较量,那就听我的,你们可以相信我的话!我喜欢那孩子,我还没见哪个孩子比他更聪明。他比你们这群胆小鬼更像男子汉。谁要是敢碰他一下,我就对他不客气,信不信由你们。"

"你们好像有许多话要讲,"西尔弗说着向老远的空中啐了一口,"说出来让我听听,要么就闭嘴。"

啐(cuì):用力吐出来。表达生气或愤怒。

"请原谅,先生,"一个海盗应声答道,"你经常不遵守这一行的许多规矩,也许有些规矩你最好还是注意些好。大家都对你不满。我们可不是好欺负的,我们有同其他船上水手一样的权利。根据你自己定下的规矩,我认为我们可以谈谈。请你原谅,先生,因为我承认目前你是我们的船长，但是我要行使我的权利：到外面去商量一下。"

这个满脸横肉、三十四五岁的大个子、黄眼珠的家伙，向西尔弗敬了个很像样的水手礼，拖着沉重的脚步向门外走去。其余的几个家伙也跟着他离开屋子，每个人经过西尔弗的身边都敬个礼，打声招呼。最后只剩下我和西尔弗在火把旁。

> "我"仍然身陷险境，小命随时捏在这群亡命之徒手里。

船上的厨子立即把烟斗从嘴里拿出来。"现在你看，吉姆，"他用勉强可以听到的声音在我耳边低语道，"你的生命正处在紧要关头，更可怕的是可能要受刑，不能让你痛快地死。他们打算把我推翻。不过，你也看到了，我一直在想尽办法保护你。起初我并不想保护你，是你的一番话提醒了我。我失去了那么多，到头来还得上绞架，真让我失望。你说得对。我心里对自己说：<u>你帮帮霍金斯吧，约翰，将来霍金斯也会替你求情的。你是他最后一张王牌，这是事实。今天，你救了他这个证人，他自会报答你的</u>！"

> 这才是他的真实目的。原来，他也怕死。

我模模糊糊地开始明白他的意图了。

"你是说一切都完了吗？"我问。

"当然完了，上帝作证！"他回答说，"船丢了，脑袋也保不住了，就是这么一回事。那天我向海湾一看，没见到我们的船。吉姆·霍金斯，我知道这下子完蛋了，虽然我是个很不服输的人。至于那些饭桶，他们商量不出什么名堂的。我定会竭尽全力从他们手里把你救下来。但是你得以德报德，你可不能对不起我老约翰。"

> 以德报德：用恩惠回报别人曾经给予的恩惠或帮助。

"能做的，我一定做到。"我说。

"就这么定了！"高个儿约翰高兴地喊道，"你的话像个大丈夫。娘的，我有机会活过来了。"

他一瘸一拐地走到插在柴堆上的火炬旁边，重新点着烟斗。

"相信我，吉姆，"他走过来说，"我是个有头脑的人。我现在已站到乡绅这边。我知道你把船开到了一个安全的地方了，我不知道你是怎么干的，但船肯定是安全的。我猜汉兹和奥布赖恩的尸体早已泡烂了，我一直信不过这两个家伙。你记着：我什么也不问，我也不希望别人问我。我知道自己输定了，我也知道你是个可靠的小家伙。啊，你是这么年轻。你和我一起可以干出一番大事业来。"

他从酒桶里倒了些白兰地。

"你要不要尝一口，伙计？"他问。我谢绝了。"那我就自己喝一口，吉姆，"他说，"我需要提提神儿，麻烦事还多着呢。说起麻烦，我倒要问你：吉姆，大夫为什么把那张地图给了我？"

一听到"地图"，我脸上现出惊讶的表情。西尔弗一看我的表情，便明白再问已没有什么必要了。

"真的，他把地图给我了，"他说，"不过这里肯定有学问，是好是坏就不知道了。"

他又喝了一口白兰地，摇了摇他那大脑袋，像是预先知道未来总是凶多吉少。

> 海盗所谓的大事业是什么呢？无非是抢钱、杀人。西尔弗又在拉拢别人。

> 关于"地图"，此处的疑惑涉及另外一条重要线索。

第二十一章

黑券再次出现

在跟海盗们相处的时候，首领西尔弗竟然接到了海盗们的黑券。在他们中间，发生了什么事呢？

一个西尔弗对几个，最终谁是赢家呢？

那几个海盗商量了半天，其中有一个回到木屋来，再次向西尔弗敬了个礼，想借火把暂用一下。西尔弗爽快地同意了。于是这个使者重又出去，把我们留在漆黑的木屋中。

再次变脸。

"要刮风了，吉姆。"西尔弗说。这次，他对我已变得非常友好和亲切。

我走到最近的一个枪眼旁边向外看，一大堆火也烧得差不多了，烧剩下的灰发出又低又暗的光。海盗们在木屋和栅栏之间的斜坡上聚成一堆：一个拿着火把，另一个跪在他们中间。我看见一把拔出的刀子在月光和火把下反射出五颜六色的光，其中几个像是俯身看着他在做什么。我只能看到他手里还拿着一本书。我正在纳闷他这会儿怎么会拿着这东西，这时，跪着的那个人已从地上站起来。于是，他们全体一齐向木屋走来。

"他们过来了。"我说完又回到原来的位置上。让他们发觉我在偷看，这将有损于我的尊严似的。

"让他们来吧，孩子，"西尔弗高兴地说，"我还留着一手对付他们呢。"

<u>门开了，五个人站在屋门口挤成一堆。</u>他们把其中一个往前一推，那个人就慢慢地走过来。他每跨一步都要犹豫一下，向前伸出的右手握得紧紧的，要是在平时，我早笑出声了。

"过来，伙计，"西尔弗喊道，"把东西递给我。"

经他这么一说，那个海盗胆子大了点儿。他走上前来，把一件东西放在西尔弗手中后，麻利地回到同伴的身边。

厨子看了看交给他的东西。

"黑券！果然不出我所料。"他说，"你们从哪儿弄来的纸？天哪，你们是从《圣经》上撕下来的，这是哪个混蛋干的？"

"糟了！"摩根说，"糟了！我说过什么来着？这事指定没有好结果，让我说中了不是？"

"哼，这大概就是你们刚才商量决定的。"西尔弗继续说，"现在，你们个个都不得好报。《圣经》是哪个王八羔子的？"

"狄克的。"一个海盗说。

"狄克，是你的吗？那就让狄克祷告吧。"西尔弗说，"狄克的好运这回算是到头了。你们瞧着我说的对不对。"

但这时，那个黄眼珠的大个子插了嘴。"收起你那套唬人的鬼话，约翰·西尔弗。"他说，"大伙一致决定按老规矩把黑券给你，你也按规矩把它翻过来看看上面

西尔弗自信满满。

一个"挤"字明白无误地告诉人们，他们是一群乌合之众。

借上帝的名义先威慑他们的气焰，果然好手段！

写着什么再说。"

"好吧，乔治，"厨子应道，"不管怎么说，让我看看上面写的是什么。啊！'下台'，是这么回事吗？字写得漂亮，跟铅印的一样。咦，乔治，这不是你写的吗？你在这伙人中间的确是出类拔萃，你会当选下一届船长的，我不觉得奇怪。再将火把借我用一用，好吗？这烟斗吸起来不太通畅。"

> 这一段话满是讥讽和嘲弄，可以看出这几个海盗哪里是西尔弗的对手。

"行了，"乔治说，"你休想再骗人。你凭三寸不烂之舌尽装好人，可现在不顶用了。"

"我还以为你真懂规矩呢，"西尔弗轻蔑地回了几句，"你要是不懂的话，我教你。别忘了，眼前我还是你们的船长。我要在这里一直等到你们提出对我不满意的理由来，我再给你们答复。眼下的黑券一点儿都不顶事。"

"哦，"乔治答道，"你尽管听着，我们都照实说。首先，这趟买卖都让你给弄砸了；其次，你让敌人白白溜出了这个鬼地方。我不晓得他们为什么想离开，但显然他们是希望这样的；再次，你不让我们追击。哦，我们算把你看透了，西尔弗，你是两面派，这就是你的不是；最后一条，你竟偏向这小子。"

> 乔治的指责确实是西尔弗不能服众的地方。

"还有吗？"西尔弗沉着冷静地问道。

"这些就足够了，"乔治反击道，"你这么不仁不义，我们不会落得什么好下场，早晚得死在烈日下，被晒成鱼干。"

"好吧，现在我来答复这四条，让我一条一条地解释。你说这趟买卖都坏在我身上，是不是？你们都晓得

> 看西尔弗如何以三寸不烂之舌"舌战群儒"。

我想要干什么。你们也知道,如果一切顺利的话,我们早就该回到伊斯班袅拉号船上,一个人也不会送死,而且我担保船舱里会装满了金银财宝!可是,是谁碍了我们的事儿?是谁逼我下台,是你们选出来的合法船长吗?是谁在我们上岸的头一天就把黑券塞到我手里,弄这么个鬼把戏?这到底是谁领的头?嗯,是安德森、汉兹,还有你乔治·莫利!在这帮惹是生非的家伙中间,只剩下你还没见阎王爷。你这个坏事的家伙,居然还不要脸地想谋权篡位当船长。上帝有眼!这简直比天方夜谭还荒唐。"

西尔弗停顿了一下,我从乔治及其同伙的表情上可以看出,西尔弗这番话没白说。

果然是乌合之众。

"这是第一条,"被指控的西尔弗喊起来,大嗓门震得房子直响,"哼!告诉你们,我懒得跟你们说话。你们不明事理,还没记性。我真弄不懂你们的爹妈怎么会放心让你们到海上来做水手、碰运气!我看你们只配做个裁缝。"

"往下说,约翰,"摩根说,"另外几条呢?"

"啊,另外几条!"约翰反驳道,"好像罪过不少,是不是?你们说这趟买卖跑砸了,上帝啊,你们要是知道事情糟到什么地步的话,你们就会明白了!咱们上绞架的日子不远了,想起来脖子就发硬。咱们都是爹娘的亲生骨肉,为什么要落到这样的下场呢?这都得感谢乔治·莫利,感谢汉兹,感谢安德森和你们中另外一些干蠢事的傻瓜们。如果你们要我答复有关这个孩子的第四

比起狡诈来,西尔弗远远占据上风。

条，那就听我的！他难道不是一个很好的人质吗？为什么不利用他一下呢？他也许是我们的最后一线希望，我看很有可能。杀了那孩子？我不干，伙计们！还有第三条，是不是？嗯，这第三条还真有些谈头。也许你们还有良心，没忘了一位真正大学毕业的大夫每天来看你们这件事吧。你，杰克，脑袋开了花；还有你，乔治·莫利，不到六小时就跑肚一次，直到现在两眼还黄得跟橘子皮似的。难道你们忘了吗？也许你们没料到会有船来接他们吧？但确实有，用不了多久，到那时你们就会知道人质的用处。至于第二条，你们怪我为什么这么做，可明明是你们跪在地上爬到我跟前求我答应的。当时你们一个个像泄了气的皮球，要不是我做了这笔交易，怕是你们早就饿死了！但这还是小事。告诉你们，我做这笔交易是为了这个，你们瞧吧！"

> 比喻句。说明现在病情依然严重。

说着，他把一张纸扔到地板上。我立刻认出来那是比尔·彭斯箱子里的地图，上面有三个红色的叉。我实在想不出医生为什么要把这张地图给他。

> 这些动作再次表明海盗们实在不堪一击。

看见那张泛黄的纸，海盗们立即像猫逮耗子一样扑了过去。他们发出的叫骂声、呼喊声和孩子气的笑声，让你以为他们不光是摸到了金银财宝，甚至已经安安全全地装在船上扬帆返航了。

"是的，"其中一个说，"这真是弗林特的图。这'杰·弗'两个字，还有下面的一道线和丁香结，正是他的花样。"

"这当然好，"乔治说，"可我们怎么把财宝运走？"

西尔弗腾地跳起来，用一只手撑在墙上，呵斥道："我警告你，乔治，你要是再啰唆一句，我就跟你决斗。怎么运走？我哪里知道？你倒是应该说一说——你和另外那些蠢才，怎么把我的船给丢掉了。你们蠢得还不如一只蟑螂。"

"这话有理。"老摩根说。

"当然有理，"厨子说，"你们丢了船，我找到了宝藏，究竟谁更有能力？现在我宣布辞职不干了！你们要选谁就选谁当船长，我是受够了。"

> 恐吓之后是威胁。

"西尔弗！"那些海盗齐声叫道，"我们永远跟'大叉烧'走！'大叉烧'永远当船长！"

> 这么轻易就夺回了指挥权。

"嗯，这听起来还像句话！"厨子大声说，"乔治，我看你只好等下一轮了，朋友。也算你走运，我也不是个记仇的人，那可不是我的做法。那么，伙计们，这黑券怎么办？现在没用了吧？算狄克倒霉，糟蹋了他的《圣经》。"

"我以后是不是还可以吻着这本书宣誓？"狄克嘟着嘴问。他显然是为自己招来的祸端感到十分紧张。

"用撕掉了书页的《圣经》宣誓？"西尔弗回了一句，"那怎么行！这跟凭着歌本儿起誓一样不能算数。"

"不算数？"狄克忽然高兴起来了，"那我还是要留着它。"

"给你，吉姆，让你见识见识。"西尔弗说着，把一小片纸扔给我。

那夜风波到此算是暂告一段落。不久，每人喝了一通酒以后，大家便躺下睡觉了。西尔弗想出一个报复的办法——派乔治·莫利去站岗放哨，并扬言道：万一他有什么反叛的行为，就先结果了他。

　　我一直不能合眼，因为我有太多的事情要考虑。我在想下午当我性命攸关时杀死的那个人；我在寻思西尔弗目前玩弄的极其狡诈的手段：他一方面把那些叛逆者控制在手里，另一方面又不遗余力地抓住任何机会保住自己的狗命。他自己睡得挺香，呼噜打得很响。可是，想到他处境这么险恶，等着他的又是上绞架这么可耻的下场，尽管他是个坏蛋，我还是替他感到难过。

> "杀鸡儆猴"，这个手段用以拆散五海盗的松散同盟，并树立绝对权威。

> 正所谓"可恨之人必有可怜之处"！

▎情境赏析▎

　　海盗们内部也产生了分裂，看老谋深算的西尔弗如何化解这次针对自己的"哗变"，并取得全面胜利。从一开始，他借上帝的名义首先打压下了对方的气焰，然后凭借三寸不烂之舌"舌战群儒"，对对手进行分化、瓦解、恐吓之后又加以威胁，最终完胜，而且令那群乌合之众情不自禁地高呼"'大叉烧'永远当船长"。充分说明了西尔弗这个老海盗的狡诈、阴险，实在是一般人无法相比的。

▎名家点评▎

　　这部脉络清晰、波澜迭起的海上历险、探宝小说堪称整个西方文学传统中最著名的海岛故事。

——周立波

第二十二章

"我"终于又见到了医生。其他人去哪儿了?他对"我"有什么看法呢?

清晨,从树林边缘传来一个清晰爽朗的声音,把我们大家都惊醒了,连靠在门柱上打盹的岗哨也猛地弹起来。

"木屋里的人听着,大夫来了。"

真是医生来了,虽然我很高兴听到他的声音,但高兴里边也掺杂有别的滋味。一想到自己不听指挥,偷偷溜掉的事就感到惭愧;再看看现在处于什么境地,落入敌手,身陷虎穴,我简直没脸见他。

他想必是夜里就起身的,因为现在天还没大亮。我跑到枪眼前往外一看,见他站在齐膝的晨雾中,就跟以前西尔弗来谈判的那次一样。

"是你呀,大夫!大清早可好哇?"西尔弗一下子醒过来,满脸堆笑地招呼道,"来得早哇,俗话说'早起的鸟儿有虫吃'。乔治,去扶利弗西大夫一把,让他跨过栅栏。一切都好,你的病人都挺好、挺快活。"

他站在山头上说了好多废话。拐杖挂在腋下,一只手撑在木屋墙上,声音、举止、表情还是原来老约翰的样子。

"我们还给你准备了一件意想不到的礼物，"他接着说，"我们这儿来了个小客人，嘿，一位新乘客或是新房客。先生，他身强体壮、精神饱满，昨天夜里还整整一宿跟我老约翰挨在一起，睡得香着哩！"

这时，利弗西大夫已跨过栅栏，离厨子很近。他说："难道是吉姆？"我听出他的声音都变了。

"正是吉姆，一点儿没错。"西尔弗说。

医生顿时停下来，但没说什么。有几秒钟过去了，他才又走了几步。

"好吧，好吧，"他终于开了口，"先办正事，后叙友情。我先去看看你们的病人。"

他随即走进木屋，向我冷冷地点了点头，直奔向病人。他看来无所顾忌，尽管他知道，身处这群常常背信弃义的魔鬼中间，随时都会有生命危险。他跟病人闲聊，好像是在给国内一户安分守己的人家看病。他的举动大概对那些人起了作用，他们对他的态度好像什么也没发生过，好像他还是船上的医生，而他们还是忠心耿耿的水手。

"你的病情在好转，我的朋友。"他对头上缠着绷带的那个人说，"你可真是白捡了一条命，你的头简直像铁打的，怎么样？乔治，好点儿了吗？脸色还差，你的肝功能紊乱得厉害，吃药了吗？喂，他吃没吃药？"

"吃了，吃了，先生，他真吃了。"摩根应声道。

"你们看，自从我当上反叛分子的医生，我看还是叫狱医合适。"利弗西大夫以一种极其幽默而又令人愉快的口吻说，"我要保全你们每个人的性命，并把这看成是无比荣耀的事情，以便把你们交给乔治国王和绞架。"

那些匪徒面面相觑，这句击中了要害的话使他们无言以对。

"狄克觉得不太舒服，大夫。"有一个人说。

"是吗？"医生问，"到这儿来，狄克，让我看看舌头。他要是舒服才怪呢，他的舌苔能吓坏法国人。他也得上热病了。"

"对了，"摩根说，"那是报应，因为他弄坏了《圣经》。"

"真像头蠢驴，"大夫反驳道，"连新鲜空气和瘴气、干燥的土地和臭泥潭都分不出来。我认为很可能——当然，这只是一种猜测——很可能使你们都得上了疟疾。在彻底治好之前，罪可够你们受的。你们在沼泽地里宿营，是不是？西尔弗，我真感到不理解。这伙人中你还算聪明点儿的，但在我看来，你连最起码的卫生常识都不懂。"

医生依次把药发给他们。他们听到医嘱时那种听话的样子，根本不像杀人不眨眼的叛逆海盗，倒像是贫民小学的学生，实在可笑。

"好了，"大夫说，"今天就到此为止。现在，如果你们同意的话，我想跟那孩子说几句。"

说着，他漫不经心地向我这边点点头。

乔治·莫利正在门口吞服一种难吃的药，在那儿乱唾乱啐。但一听到大夫的这个请求，他立即转过血红的脸嚷道："不行！"还骂了一句。

西尔弗在酒桶上猛地拍了一巴掌。

"住口！"他吼叫起来，环顾四周，像头雄狮。"大夫，"接下来他又用平静的语调说，"我早就想到了，因为我知道你很喜欢这孩子。你对我们的一片好心，我们都不胜感激。你也看到了，我们相信你，你给的药我们都当甜酒一样喝了。我有办法把一切都安排稳妥，霍金斯，你能不能用人格担保，像个年轻绅士那样发誓不逃跑？"

我痛快地向他作了保证。

"那好，大夫，"西尔弗说，"请你走到栅栏外面去。你到了那里，我就把这孩子带到下面，你们可以隔着栅栏尽情地聊。再见，先生，请代我们向乡绅和斯莫列特船长问好。"

海盗们的不满情绪原本还靠西尔弗勉强压制着，大夫一走，他们的话就一下子炸开了。他们纷纷指责西尔弗耍两面派，企图牺牲同伙利益为自己谋求生路。他们所指控的事件件件属实，一点儿也不冤枉他。事情明摆着，我想不出这回他还有什么办法拨转他们愤怒的矛头，但其余的人毕竟不是西尔弗的对手，昨夜的胜利足可以压住他们。他骂他们是傻瓜、笨蛋，反正各种各样的词都骂遍了。他说不让我同医生谈一谈是不行的，还把地图在他们面前扬了扬，责问他们："今天他们就要去找宝藏了，难道要在这个节骨眼上撕毁协议？"

"不要叫唤了，"他嚷道，"时机成熟了，咱们当然要撕毁协议。但这时候，我要把那位大夫哄得团团转，哪怕用白兰地给他刷靴子，我都干。"

然后，他吩咐他们点起火来。自己挂着拐杖，一手扶在我的肩膀上，大模大样走出屋，任凭他们茫然不知所措。他们只是被他的如簧之舌糊弄得一时无言对答，但心里仍是不服。

我们不慌不忙地穿过沙地，向在栅栏外等候的利弗西医生走去。我们刚一走到可以听见说话的范围时，西尔弗就停了下来。

"大夫，请你把这发生的事儿都记下来，"他说，"那孩子会告诉你，我是怎么救了他的命，又怎样差点儿下台的。你尽可以相信我，大夫。当一个人像我这样豁出命来孤注一掷的时候，想听几句贴心话，还不至于让你多想吧。请你注意了，现在不光是我一条命，连这孩子的命都搭上了。大夫，说句公道话，行行好，给我点儿希望让我活下去。"

西尔弗一到外面，背对着他的同伙和木屋，他立刻像变了个人，两颊深陷、声音颤抖，没人能装得如此逼真。

"难道你害怕了吗，约翰？"利弗西大夫问。

"大夫，我不是胆小鬼！一丁点儿也算不上！"说着他用手指"叭"地打了个响，"我要是胆小鬼，就不会这样说了。可老实说，一想到上绞架我总是禁不住发抖。你是个好人，而且守信用，我从未见过比你还好的人。我做的好事你是不会忘记的，正像你不会忘记我做过的坏事一样，这一点我是知道的。你看我马上会退到一边，让你跟吉姆单独在一起。请你把这点也记上去，我可是真够朋友啊！"

"唉，吉姆，"医生难过地说，"你又回到这里来了。这叫自作自受，我的孩子，我实在不忍心怪你。但有句话我得说，不管你爱听不爱听，斯莫列特船长身体好的时候，你不敢逃跑；他负了伤，挡不住你的时候，你跑了。真的，这可真是十足的懦夫的做法。"

我羞愧得哭了起来。"大夫，"我说，"你别再责怪我了，我已把自己骂个够了，反正我只有用命才能补偿这一损失，要不是西尔弗护着我，我早就没命了。大夫，请你相信我，死我不怕，我也该死，可我怕受刑，万一他们给我上刑——"

"吉姆，"医生打断我的话，他的声音完全变了，"吉姆，我不能让你受苦。你跳过来，我们一起逃跑。"

"不，"我回答说，"你明明知道不能这么做，乡绅、船长都不愿这样做，我也一样。西尔弗信得过我，我也保证过，我必须回去。可是，大夫你要听我说完。万一他们逼问我，给我上刑，我怕我会说出船在哪儿,是我把船又弄到了手。一半靠运气,一半靠冒险。现在船停在北汊口的南滩,就在高潮线下边。潮水不高时,它停在岸滩上。"

"船!"医生失声喊道。

我把自己的惊险历程匆匆地描述了一番,他一声不吱地听我讲完。

"这有点儿像命中注定的,"他听我讲完后说,"每次都是你救了我们的命,难道我们会让你牺牲自己的生命吗?绝不能,我的孩子。你发现敌人的阴谋,你遇见了本·葛恩——这是你所做的最大的好事。哦,对了,提起本·葛恩,他真是调皮捣蛋。西尔弗!"等厨子走近后,他叫了一声,"我要劝你们一句,可别急急忙忙地去找宝藏。"

"先生,只怕做不到。"西尔弗说,"除非去找宝,否则我就无法救自己和这孩子的命。你可以相信我的话。"

"好吧,西尔弗,"大夫说,"既然如此,我索性再走远点儿,你们快要找到宝藏时,可别大喊大叫的。"

"大夫,"西尔弗说,"我认为这太不公平了。你们到底念的哪门子经,你们为什么离开这木屋,为什么又把那张地图给我。关于这一点,我可想不透。我只是闭着眼睛按你说的去做,可是连句给我希望的话都听不到。这太过分了。如果你不说清这是怎么回事,我就不干了。"

"西尔弗,"医生若有所思地说,"我没有权利讲得更多。这不是我个人的秘密,要不然我会告诉你的。但是,我敢告诉你的也就这些了,甚至还多了些。我肯定要挨船长的骂了,没骗你!首先,我要给你一点儿希望;西尔弗,如果你我都活着离开这儿,我一定会尽全力救你，只要不作伪证。"

西尔弗顿时喜笑颜开。

"你不用再多说了，先生，即使我亲娘也不能给我比这更大的安慰了。"他兴奋地说。

"这是第一点让步，"医生又说，"其次就是对你的忠告：让这孩子待在你身边，寸步不离；要帮忙，你就喊我。我现在就去想法救你们出去。那时你自会明白，我是不是说到做到。再会吧，吉姆。"

于是，医生隔着栅栏跟我握了握手，向西尔弗点了点头，然后快步向树林里走去。

第二十三章

特殊的指针

"我"没有听从医生的建议和他一块逃走，而是留了下来。这是为什么呢？"我"留下来和海盗们经历了什么？

"吉姆，"只剩下我们两个时，西尔弗说，"如果说我救了你的命，那么你也救了我的命，我绝不会忘记的。刚才我瞥见大夫招手唤你逃跑，也看见你表示不同意。吉姆，这件事你做得真像个正人君子。自从强攻失败之后，我今天第一次看到了一线希望，这应该归功于你。吉姆，现在咱们不得不闭着两眼去探宝，我总觉得这样做很危险。你我必须形影不离，相依为命。那样的话，即使运气再不好，咱们也不至于掉脑袋。"

就在这时，一个人从火堆那边招呼我们，说早饭准备好了。于是大家散坐在沙地上吃着干面包和煎肉。他们点起的火堆足够烤一头牛，现在火旺得只能从背风面靠近它，即使这样也得倍加小心。海盗们对食物也是同样浪费，他们准备的饭菜相当于食量的三倍。一个海盗傻呵呵地笑着把吃剩的东西一下子全都扔进火里；火堆添上这样不寻常的燃料，顿时烈焰冲天、噼啪乱响。我从未见过这样的人，今朝有酒今朝醉，明朝没酒喝凉水。这样糟蹋吃的、放哨时睡大觉，尽管他们能凭着一股蛮劲儿打一仗，但一旦遇到挫折，我看他们根本应付不了持久战。

西尔弗独自坐在一边吃，让鹦鹉蹲在他肩上。他一句话也不说，也不责骂他们的鲁莽妄动，这一点使我感到特别惊讶，因为他比以往任何时候更显得老谋深算。

"喂，伙计们，"他说，"有我'大叉烧'用这颗脑袋为你们着想，我已经打听到了我要了解的一切。船的确在他们手里，可我目前还不知道他们把它藏在什么地方。不过，只要一发现宝藏，咱们就豁出命来找遍整个海岛，那时定会找到船。伙计们，咱们有两只小船，我猜咱们占上风。"

他就这样不停地吹着，嘴里塞满了热的煎肉。他用这样的办法恢复他们的希望和对他的信任，同时也在给自己打气。

"至于这个人质，"他继续说，"我想这是他跟他亲爱的人的最后一次谈话了。我从中还听出一些门道，这还得感谢他呢。咱们去探宝的时候，我要用一根绳子拴住他，要像保护金子那样看牢他，以防万一。一旦船和宝藏都到了咱们手里，咱们就高高兴兴地回到海上去。那时再跟霍金斯先生算总账，我们不会亏待他的，会好好答谢他干的好事。"

无疑，他们现在情绪好得很，而我却再也没心情了。要是他刚才提出的计划可行的话，西尔弗，这个两面的叛徒，将毫不犹豫地按计行事。他至今还是脚踏两只船。毫无疑问，他更乐于同海盗们一起满载金银财宝逍遥法外，而他寄托在我们这边的希望只是免去上绞架而已。

退一步说，即使事态发展到他不得不履行他向利弗西大夫作的保证，我们的处境也会很危险。一旦他的同伙们的怀疑得到证实，我和他不得不拼死保护自己的小命。他一个瘸子，而我又是一个孩子，如何能对付五个身强体壮的水手？

除了这双重的担忧，我的朋友们所采取的行动对我来说始终是个谜：他们为什么会舍弃这个寨子？为什么要交出地图？还有，大夫对西尔弗提出的最后警告："你们快找到宝藏时，可别大喊大叫的。"这些都无法得到解释。

准备上路去探宝了，所有的人都身穿脏兮兮的水手服。除了我，人人都全副武装。西尔弗身上一前一后挎着两支步枪，腰间还挂着一把大弯刀，他的衣服两边开叉，两边口袋里各放了一支手枪。最能体现他这副怪模样的是，鹦鹉蹲在他肩上，无意义地学着水手谈话。我腰间拴着一条绳子，顺从地跟在厨子后面。他时而腾出一只手抓住松散的绳子的另一端，时而用牙齿紧紧咬住不放。不管怎么说，我都像是头被牵去表演跳舞的狗熊。

其他人都扛着各种各样的东西：有的扛着铁锹和镐头，有的扛着午饭时要吃的猪肉、干面包和白兰地。我看得出，所有这些东西都是我们贮备下来的。可见昨晚说的是真话。若不是他跟大夫做成了这笔交易，他和他的同伙弃船后只能靠喝凉水过日子了。

我们就带着这样的装备出发了，连脑袋开花的那个也去了，他本应在阴凉处待着的。我们一个跟着一个拖拖拉拉地来到停有两只划子的岸边。划子里还可以看到海盗们纵酒胡闹的痕迹：一只坐板被砸断了，两只划子都沾满泥，船内还有水。为了安全起见，我们决定把两只小船都带走。我们分坐在两只划子里向锚地底部驶去。

途中，我们对地图发生了争论，上面的红叉叉画得太大了，看不出确切的地点。背面的说明又不清楚。读者也许还记得，上面写着：

望远镜山肩上一大树，指向东北偏北，骷髅岛东南东，再向东十英尺。

虽然实际情况就是这样，可是我们还没到半路，小船上的每个人都认定了自己倾心的一棵树。只有高个儿约翰耸了耸肩，建议到了高地上再作打算。

按照西尔弗的指令，我们划得不很用力，以免过早消耗完体力。经过相当长的路程后，我们在第二条河——就是从望远镜山树多的那面斜坡上流下来的那条河的河口处登上了岸。从那向左拐弯，开始沿着山坡攀登高地。

一开始，泥泞难走的地面和乱蓬蓬的沼泽植物耽误了我们赶路。但坡面逐渐趋于陡峭，脚下的土质趋于结实，树木变得高大稀疏，我们正走近的是整个海岛最迷人的地方。草地上到处都是香味浓郁的金雀花和茂盛的灌木丛，一丛丛碧绿的肉豆蔻同树干深红、树荫宽广的松树掩映成趣，肉豆蔻的芳香同松树的清香相得益彰。此外，新鲜的空气振奋人心。在烈日炎炎下，这无疑是一种难得的清新剂。

我们这样走了大约半英里，快要到达高地顶坡时，忽然最左面的一个人大声叫了起来，好像是受了惊吓似的。他叫了一声又一声，惹得其他人都向他那边跑去。

"他不可能是发现了宝藏，"老摩根说着也从右边跑过来，从我们面前匆匆经过，"还没到山顶呢。"

的确，当我们也到达那边时，发现根本不是什么宝藏，而是在一棵相当高大的松树下横着一具死人骨架，被绿色的蔓草缠住了，有几块较小的骨头被局部向上提起，地上残留有一些烂布条。我相信此时每个人心中都不寒而栗。

"是个水手，"乔治·莫利说。他比其他人要胆大些，敢走上前看看衣服的碎片，"至少，他穿的是水手服。"

"嗯，嗯，"西尔弗说，"十有八九是个水手，不可能有主教上这儿来。我想，这骨头架子的姿势可真奇怪，不太自然。"

的确，再一看，简直想象不出这个死人怎么会保持这个姿势。死人笔直地躺着，脚指向一方。手像跳水时那样举过头顶，正指着相反的方向。

"我看出点儿门道来了，"西尔弗说，"这里有罗盘，那是骷髅岛的岬角尖，像颗牙似的支出来。只要顺着这骨头架子测一下方位就知道了。"

于是他就取出罗盘来照办。尸体正指向骷髅岛那一边，罗盘标明的方位正是东南东偏东。

"不出所料，"厨子叫了起来，"这骨头架子就是指针，从这里对准北极星走定会找到金灿灿的财宝。不过，我一想到弗林特就会手脚冰凉。这是他的鬼把戏，肯定错不了。当初只有他和六个人在岸上，他们全都被他杀了，一个被拖到这里放在罗盘对准了的位置上。我敢打赌错不了。瞧，长长的骨头棒、黄黄的头发丝儿，那一定是阿拉代斯。你还记得阿拉代斯，是不是，汤姆·摩根？"

"嗯，"摩根回答，"我记得他还欠我钱呢，上岸时还把我的刀子带走了。"

"提起刀子，"另一个海盗说，"为什么他身上没发现刀子？弗林特不会掏一个水手的口袋，也不可能是被鸟叼走了？"

"这话不假，没错！"西尔弗大声说。

"这里什么也没留下，"莫利一边说，一边还在骨头架子旁搜寻，"既没有一个铜板，也不见烟盒。我觉得有点儿不对劲儿。"

"是有些不对头，"西尔弗表示同意，"还有点儿叫人不自在。你们说，要是弗林特还活着，这可能就是你我的葬身之地。他们那时是六个人，我们现在正是六个人。可是如今他们只剩下一堆骨头了。"

"不，我亲眼看到弗林特死了，"摩根说，"是比尔带我进去的。他躺在那儿，两眼上各放一枚一便士的铜币，好让他瞑目。"

"死了，他确实死了。"头上缠着绷带的那个说，"不过，要是真有鬼魂的话，那一定是弗林特的鬼魂。天哪，他死时好一阵折腾！"

"嗯，的确如此，"另一个说，"他一会儿发脾气，一会儿吵着要朗姆酒，一会儿又唱起歌来。他生平只唱一支歌，叫《十五个汉子》。我讲的是真事，我从此以后就讨厌听那支歌。当时天气热得很，窗子开着，我清楚地听到歌声从窗子飘出来，那是小鬼来勾他的魂了。"

"得了，得了，"西尔弗说，"别谈那些事了，人已经死了，不会再出来了，提心吊胆反而会被吓破胆。走，搬金币去。"

经他这么一说，大伙又出发了。尽管是烈日炎炎的大白天，海盗们也不再独自乱跑，或在树林中大喊大叫，而是肩并肩一起走，说话也屏住气。他们对死去的海盗头子怕得要死，甚至至今还心有余悸。

第二十四章

猎宝遇到树丛中的人声

"我"随同海盗们一起去寻找宝藏，结果怎么样呢？

也许是由于太紧张而迈不动步，也许是由于西尔弗和那些生病的海盗想休息一会儿，总之，这一伙人刚一登上高地的坡顶，就坐了下来。

高地稍稍有些向西斜，因此，从我们歇脚的地方向两头都可以看得很远。在我们的前方，越过树梢可以望见森林岬角四周波浪翻腾；在我们后方，不仅看得见锚地和骷髅岛，还可以看到尖沙嘴和东岸低地外大片开阔的海面。我们头顶上耸立着望远镜山，近处的地方长有几棵松树，远处是黑糊糊的峭壁。四周一片寂静，只有远处惊涛拍击礁石的轰鸣声，还有无数昆虫在灌木丛中窸窣作响。一个人影也没有，海上也不见有帆动。空旷的景象使人感到更孤独。

西尔弗坐下来，用他的罗盘测了几个方位。

"在从骷髅岛到那边的直线上，共有三棵'大树'，"他说，"我认为所谓的'望远镜山的肩膀'就是那块低点儿的山顶。现在看来，要找到宝藏如同儿戏。我看还是先在这儿吃点儿饭再说。"

"我肚子不饿，"摩根嘀咕道，"想起弗林特就什么也不想吃。"

"是呀，我的宝贝，他死了算是你的造化。"

"他长得像个恶鬼,"第三个海盗说着打了个寒战,"脸铁青铁青的。"

"那都是喝朗姆酒喝的。"莫利插了一句。

自从发现了那副骨架,又想起弗林特的模样,他们害怕得说话声变得愈来愈小,后来甚至低声耳语起来。树林中仍很寂静,丝毫没受他们谈话声的干扰。突然,从前方的树丛中传来了我们早已熟悉的曲调,声音又尖又高,还颤悠悠的。

十五个汉子扒上了死人箱,

——哟——嗬——嗬,

再来朗姆酒一大瓶!

那群海盗听到这曲调,吓得魂飞魄散。他们像中了邪似的面如死灰,有的跳起来,有的紧紧抓住别人,摩根则趴倒在地。

"那是弗林特,天哪——!"莫利失声叫道。

歌声戛然而止,像是唱歌的人被人用手捂住了嘴。

"走,"西尔弗勉强说出话来,嘴唇都吓成紫灰色了,"这样可不行,起身出发!这事确实怪,我听不出是谁唱的。不过,你们放心好了,唱歌的一定是个大活人。"

他说着胆子就大了些,脸上也恢复了些血色。其他的人经他这么一说,也平静了许多。正在这时,那声音又响了起来,这回不是唱歌,而是传来有气无力的呼喊声,他的回声使望远镜山的山谷显得更加空荡荡的。

"达比·麦克——格劳!达比·麦克——格劳!达比·麦克——格劳!达比,拿朗姆酒来!"

海盗们像脚底生了根,站在那里直翻白眼。声音消失后,又过了很长一段时间,他们还呆呆地失魂落魄地望着前方。

"这回可用不着怀疑什么了!"一个海盗心惊胆战地说,"咱们快走吧。"

"这正是老弗林特咽气之前说的最后一句话。"摩根呻吟道。

狄克取出他那本《圣经》,振振有词地开始祷告。狄克在出海认识这帮坏蛋之前受过良好的教育。

然而,西尔弗未被吓倒。虽然他的牙在上下打颤,但他没有屈服。

"除了我们这里的几个人,"他自言自语说,"这岛上没有谁听说过有达比这个人哪。"他强打起精神来叫了一声:"伙计们,我们是来找宝藏的,不管是人还是鬼,都不能把我们吓跑。弗林特活着时,我就没怕过他。现在,就是他的鬼魂来,我也不怕。离这儿不到四分之一英里的地方,埋着价值七十万镑的财宝。身为海盗,怎么能因为害怕一个死去的老醉鬼而撇下这么一大堆财宝,掉头逃跑呢?"

但是没有任何迹象表明他的同伙能重整旗鼓;相反,他用这样不敬的口气提到死者,使他们感到更加恐惧。

"行了,约翰!"莫利说,"别议论一个死鬼。"

其他人都吓得说不出一句话。他们要是敢动早就跑光了,但是因为害怕,他们不敢四处逃散,都向约翰靠拢过来,似乎他的胆量能帮助他们克服恐惧心理。西尔弗本人则已经在一定程度上消除了一时的怯弱。

"鬼?也许是鬼。"他说,"但有件事我不明白,这声音有回声,鬼叫怎么会有回声呢?这难道正常吗?"

这条理由在我看来不能说明问题,但你绝对说不出怎样才能说服迷信的人。使我惊奇的是，乔治·莫利居然相信了。

"对，有理，"他说，"你肩上长的确实是脑袋，约翰，没错。走吧！伙计们！我看我们这帮人都想歪了。现在想想看，那声音是有点儿像弗林特，我承认，但并不完全一样，更像另一个人的声音，嗯，更像——"

"对了，更像本·葛恩！"西尔弗喊了起来。

"对，就是他，"趴在地上的摩根一下子用膝盖撑起上身，"是本·葛恩的声音！"

"这又有什么区别？"狄克问道，"本·葛恩也死了，和弗林特一样。"

但经历较多的老水手觉得他问得可笑极了。

"谁也不会在乎一个本·葛恩的，"莫利说，"是死是活，都没人怕他。"

说来也怪，他们又都恢复常态，脸上慢慢有了血色。不久，他们又谈开了。偶尔停下来听听，又过了一会儿，听听没再有什么动静，就扛起工具继续出发了。莫利带着西尔弗的罗盘走在前头，以保证他们的方向始终与骷髅岛成一条直线。他说的是实情，不管本·葛恩是死是活，谁也不会把他放在眼里。

只有狄克一个人仍然捧着他那本《圣经》，一边走，一边心惊胆战地向四周张望。但没人同情他，西尔弗甚至还笑话他疑神疑鬼的。

"我跟你说过，"他说，"你已经把《圣经》弄坏了，凭着它祷告不顶用。你还指望鬼会吃你那套？甭想！"

狄克可怜巴巴的，不知所措。我很快就看出来，这家伙病得不轻，再加上酷暑、疲惫和恐惧的催化，利弗西大夫断言的热病显然使狄克的体温急剧升高。

我们继续向前走，高地上很开阔，树木稀疏，走起来无遮无挡。高地略有些朝西倾斜，所以我们走的可以说是下坡路。大大小小的松树间隔很远，甚至在一丛丛的肉豆蔻和杜鹃花之间，也有大片空地曝晒于烈日下。我们这样朝西北方向横贯全岛，一方面愈来愈靠近望远镜山的肩膀，另一方面也愈来愈看清楚了不久前我坐着颠簸的小船经过的西海湾。

我们来到第一棵大树下，但经过测定方向，证明不是这棵。第二棵也是如此。第三棵松树耸立于一簇矮树丛中，约有两百英尺高。这是植物中的巨将，深红的树干有小屋那么大，宽阔的树荫下可以容得下一个连在此演习。东西两岸都清晰可见这棵树，完全可以作为航标注在地图上。

不过，他们感兴趣的倒不是这棵树的高大，而是他们知道，在宽阔的树荫下埋有七十万镑的金银财宝。他们愈走愈近，先前的恐惧已被发财的念头吞噬了。他们个个红着眼睛，脚步变得又轻又快；他们的心思都在那宝藏上，向往着、等待着他们每个人的好运——一辈子的荣华富贵。

西尔弗嘟哝着一瘸一拐朝前走，鼻孔张得大大的，不住地翕动着。当苍蝇叮在他那红彤彤的满是汗水的脸上时，他像个疯子似的破口大骂。他凶狠地拽过把我拴在他后面的那根绳子，不时恶狠狠地瞪着我。我看得一清二楚，他已没有耐心掩饰自己了。财宝近在咫尺，其余的一切都被忘得一干二净，他的承诺和医生的警告都成了过眼烟云。我确信他一定巴望着挖到宝藏，趁天黑前找到伊斯班袅拉号，然后把每个好人都杀死，满载邪恶和金银扬帆出海，这正是他最初的意愿。

在这样忧心忡忡的情况下，我很难跟上猎宝者们飞快的步伐。我不时跌跌撞撞，那时，西尔弗就狠狠地拽绳子，恶狠狠地瞪着我，眼里充满杀机。落在我们后面的狄克，一会儿骂上几句，一会儿又祷告一阵，他烧得也愈来愈厉害了。当年这片高地上上演的一幕幕惨剧死死地缠住我，这使我感到万分痛苦。我好像看到了那个无法无天的青脸海盗，在这儿亲手杀死了他的六个伙伴。现在这片树丛中如此安静，想必当时一定激荡着阵阵惨叫声。

我们已经来到丛林的边缘。

"快点儿，伙计们，都过来！"莫利一声呐喊，走在前头的人拼命跑过去。

忽然，不到十码远，我们看见他们停了下来。一阵尖叫声由弱转强。西尔弗拄着拐杖，像中了邪似的飞奔上前。紧跟着，他和我都停下来，发了呆。

呈现在我们面前的是一个大土坑，不像是新挖的。坑壁已经塌下去，坑底已长出了青草。土坑里有一把断成两截的镐柄，还扔有一些货箱的破木板。我看到其中一块木板上用烙铁烙过的字样是"海象号"——这是弗林特的船名。

一望便知，宝藏已被别人发现并掠夺一空。七十万镑的财宝已经统统不翼而飞了。

第二十五章

宝藏不翼而飞，海盗们有怎样的反应呢？"我"是如何逃脱这一场劫难的呢？

西尔弗被迫垮台

世上再也没有比这更让人失望的事了。看到那个空土坑，那六个人一下子都被击垮了，但西尔弗马上就清醒了过来。

"吉姆，"他悄悄地对我说，"把这个拿去，准备应付叛乱。"

说着，他递给我一支双筒手枪。同时，他若无其事地向北走了几步，这样土坑就把我们俩同他们五个隔开。然后他向我点头示意，好像说："形势危急。"对于这一点我已经意识到了。他看起来很友善，我对他这种反复无常的做法十分反感，竟忍不住嘀咕了一句："又要耍什么花样。"

那些海盗连骂带叫地一个个跳下坑去，开始气急败坏地扒土，又把木板向旁边乱扔一气。摩根找到了一枚金币，它在海盗们的手里传来传去。

"两基尼，"莫利扬起金币向西尔弗叫嚷着，"这就是你说的七十万镑的财宝吗？你这个骗子！你个坏事的木鱼脑袋！"

"挖吧，孩子们，"西尔弗若无其事地冷嘲热讽道，"兴许你们还能挖出两颗花生豆呢。"

"花生豆?"莫利尖叫了一声,"伙计们,你们听见没有?看来这家伙早就知道事情是这个样子的!"

"啊,莫利,"西尔弗又接着说:"又准备当船长啦?你的劲头儿实在不小啊!"

西尔弗的话激怒了所有的人。他们开始爬出土坑,用愤怒的眼光看我们。此时,值得庆幸的一点是,他们都爬向面对西尔弗的那边。

我们就这样对峙着,一方两个人,另一方五个人,中间隔着土坑,任何一方都不敢先动手。西尔弗拄着拐杖直挺挺地站在那儿,一动不动地盯着他们,看上去和平时一样镇定自若。他确实有胆量,这一点不可否认。

后来,莫利打破了僵局。"伙计们,"他说,"他们只有两个人:一个是老瘸鬼,另一个是个小杂种,我早就想把他的心掏出来。现在,伙计们——"他扬起胳膊,高声呼喊,显然准备带头发动攻击。但就在这时,只听得"砰!砰!砰!"从矮树丛中闪出三道火光。莫利一头栽进土坑里;头上缠绷带的那个家伙也像陀螺似的转了个圈,也直挺挺地掉下坑去,呜呼哀哉了;其余三个掉头就跑。

这时,利弗西大夫、葛雷和本·葛恩从肉豆蔻丛中向我们跑来。

"追上去!"大夫喊道,"快,快点儿,伙计们!我们必须赶在他们前头把小船夺过来。"

于是我们飞也似的奔向海边,不时拨开齐胸高的灌木丛开路前进。

西尔弗拼着老命想跟上我们,他拄着拐杖一蹦一跳,简直要把胸前的肌肉撕裂了。医生认为,这样剧烈的运动即使是个健康的人也受不了。可是尽管他拼了命的跑，当我们到达高地的坡顶时，他还是离我们有三十码远。

"大夫，"他喊道，"瞧那儿！不用急！"

的确不用着急，在高地比较开阔的地方，我们看见三个幸存的海盗直奔后桅山。我们已跑到了他们和小船中间。我们四人坐下来歇了口气，高个儿约翰抹着脸上的汗慢慢地走过来。

"衷心感谢你，大夫，"他说，"你来得正是时候，救了我和霍金斯。哦，是你呀，本·葛恩？你可真是好样的。"

"是的，我是本·葛恩。"被放荒滩的水手答道，他窘得像条黄鳝似的。"你还好吗，西尔弗先生？"隔了许久他才问了这么一句。

"本·葛恩，"西尔弗喃喃地说，"真的没想到原来是你啊！"

大夫派葛雷回去将反叛者逃跑时扔下的镐头拿一把来。然后我们不紧不慢地走下山坡，向停木船的地方走去。一路上，大夫把刚才发生的事简要地说了一遍，这使西尔弗极感兴趣。本·葛恩这个被放荒滩的傻小子从头到尾扮演了一个英雄角色。

长期孤身流浪在海岛上的本·葛恩发现了那副骨架，并把它身边的东西搜掠一空。发现宝藏的也是他，他把金银财宝都掘了出来，把财宝扛着从大松树下搬到海岛东北角双峰山上的一个洞穴里。不知往返了多少趟，终于在伊斯班袅拉号抵达前两个月把所有的宝藏都安全运到那里。

在海盗们发动强攻的那天下午，医生就从本·葛恩口中套出了这些秘密。第二天早晨，医生发现锚地里的大船不见了，便去找西尔弗，并把废地图给了他，把补给品也给了他。总之，什么都给了他，以换取安全撤离寨子的机会向双峰山转移，避开沼泽地，这样也便于看管财宝。

"对于你，吉姆，"他说，"我一直不放心。不过，我首先应当为那些坚守岗位的人着想。既然你没能做到这一点，那还能怨谁呢？"

今天下午，他原本打算让反叛者们空欢喜一场，没料到把我也卷了进去。于是他急忙跑回洞穴，留下乡绅照料船长，自己带领葛雷和被放荒滩的水手，按对角线斜穿全岛直奔大松树那边。但不久他发现我们这一小队人已走在他们前头。于是，他派飞毛腿本·葛恩到前面去设法牵制住他们。本·葛恩想到利用迷信的事实来吓唬他们。他这招很管用，终于使葛雷和医生在猎宝的海盗抵达之前，及时赶到目的地预先埋伏下来。

"啊，"西尔弗说，"幸亏有吉姆在我身边。否则，即使老约翰让他们碎尸万段，你也不会管的，大夫。"

"当然不会。"利弗西大夫爽快地回答。

这时，我们已来到停小船的地方。医生用镐头把其中的一只小船砸碎，而我们则登上了另一只准备从海上绕到北汊。

这段路有八九英里。西尔弗尽管已经累得半死，还是像我们大家一样划桨。不一会儿，我们已划出海峡，我们曾拖着伊斯班袅拉号经过那里进入的海峡。绕过岛的东南角，在平静的海面上划得飞快。

在经过双峰山时，我们看见有一个人倚着滑膛枪站在本·葛恩的洞口旁边，那是乡绅。我们呼喊着向他挥手致意。

又划了三英里左右，刚进北汊的入口，我们就看到伊斯班袅拉号被潮水冲离了浅滩。要是风大或者像南锚地那样有强大的潮流，我们也许从此就找不到它，或者找到它也已经是一艘触了礁的破船。而现在除了一面主帆外，其余部位并无重大损伤。我们把另一只锚抛入一英尺深的水中，然后坐小船折回最靠近本·葛恩的藏宝洞的朗姆酒湾。再由葛雷单枪匹马地坐小船回到伊斯班袅拉号上去看船过夜。

从岸边到洞口是一段较平坦的斜坡，乡绅在坡顶上迎接我们。他对我很宽容，对于我逃跑的事只字不提。可是当西尔弗恭恭敬敬向他行礼时，他却一下子气得满脸通红。

"约翰·西尔弗，"他说，"你这个大坏蛋、大骗子——你个十恶不赦的大骗子、大坏蛋，他们不让我控告你，好吧，那我就不提。不过，先生，死了那么多人，你难道就心安理得吗？"

"衷心感谢你，先生。"高个儿约翰答道，又敬了个礼。

"少谢我！"乡绅喝住他，"我已违背了我应尽的义务，滚进去吧！"

我们都进了洞穴，这地方既宽敞又通风。有一小股清泉流入围着蕨草的池子，地是沙地。斯莫列特船长躺在一大堆火前；闪烁的火光隐约照到远处的一个角落，我看见那里有几大堆金币银币和架成四边形的金条。这就是我们千里迢迢来寻找的弗林特的宝藏，伊斯班袅拉号船上已有十七个人为此送了命。这些财宝已经沾染了多少人的血和泪；多少艘大船沉入海底；多少勇敢的人蒙住眼睛被逼着走到伸出船外的板子上，然后一头栽进海水里；多少次战火硝烟；多少耻辱、欺诈和残暴的行为，恐怕没有一个活着的人能够讲清楚。这个岛上幸存者中有三个人——西尔弗、老摩根和本·葛恩——曾参与这些罪行，并且他们每个人都曾幻想从中分得一份财宝。

"进来，吉姆，"船长说，"从某种意义上讲，你是个好孩子，但是下次我绝不再带你出海。你简直就是一个天生的宠儿，我可受不了。喔，是你呀，约翰·西尔弗，什么风把你给吹来啦？"

"我回来履行我的义务,先生。"西尔弗答道。

船长"啊"了一声后就再也没说什么。

这天晚上,我和朋友们一起吃的晚饭,非常香!本·葛恩的腌羊肉,加上其他好饭菜,还有从伊斯班袅拉号上拿来的一瓶陈年葡萄酒,味道妙极了。我相信没有谁比我们更幸福、更快活。西尔弗坐在我们后面火光几乎照不到的地方,尽情地吃着——谁要是需要什么东西,他就立即跑去取来;我们放声大笑,他也过来凑热闹——总之,他又成了航海途中那个爱献殷勤、溜须拍马的厨子。

尾声

第二十六章

"我"和医生、乡绅会合了。"我们"找到了宝藏,会顺利离开这个岛吗?最终每一个人的命运是怎样的呢?

第二天一大早,我们就开始干活儿。因为要把那么多财宝搬到岸边,要走近一英里的陆路,再划小船走三英里的水路才能到伊斯班袅拉号上去。况且,我们人也很少。虽然还在岛上的那几个人并不会让我们太担忧,但还得在山顶上派一名岗哨,这样可以确保我们不会遭到他们的突袭。相信他们已经知道了我们的厉害,应该不会有什么轻举妄动。

因此工作进展得很快。葛雷和本·葛恩划着小船来回于朗姆酒湾与伊斯班袅拉号之间,其余的人把财宝堆在岸边。两锭金条一前一后用绳子搭在肩上,就够一个大人走一趟,而且只能慢慢走。因为我力气小,扛不了什么,就被留在洞穴里,忙着把钱币装进面包袋。

这里收集的钱币跟比尔·彭斯箱子里的一样,五花八门、包罗万象。不过面值要大得多,种类也多。我觉得整理这些钱币是一件莫大的乐事。这些钱币中有英国的金基尼、双基尼,法国的金路易,西班牙的杜布龙,葡萄牙的姆瓦多,威尼斯的塞肯;有最近一百年欧洲各国君主的头像,有古怪的东方货币,上面像是缕缕细绳、张张蛛网;

有圆的，有方的，有中间带孔的，好像可以串起来挂在脖子上。我估计，差不多世界上每一种货币都在这里了。至于数量，我觉得跟秋天的落叶一样多。我一直弯着腰不断地整理着，所以一天下来弄得疲惫不堪。

我们就这样一天一天地干着，每天都有一大笔财产装上大船，而每天晚上洞穴里都有一大笔财产等待明天装载。在这期间，那三个幸存者似乎销声匿迹了。

最后那几天，大概是第三天晚上，医生和我漫步登上一座小山顶。在山顶上可以看到岛上的低地。这时，从黑糊糊的山下吹来一阵风，传来的不知是尖叫还是歌声。送到我们耳边的只是一小段，接着恢复了原来的沉寂。

"愿上帝宽恕他们，"医生说，"那是反叛分子！"

"他们都喝醉了，先生。"西尔弗在我们后面插了一句。

西尔弗现在自由自在，尽管每天遭到冷眼，他依然感到知足。始终低三下四地讨好每个人，即使大家都瞧不起他，像对待一条狗似的对他，他也不在乎，真是一个厚脸皮的人。只有本·葛恩除外，因为他对昔日的舵手至今仍怕得要命。此外还有我，我确实在某种程度上应该感谢他。尽管我也有更多的理由比任何人更恨他，因为我曾目睹他在高地上策划新计谋，打算出卖我。

"喝醉？我看是在胡说八道。"医生说。

"没错，"西尔弗随声附和道，"鸡毛蒜皮的小事，反正跟你我无关。"

"西尔弗先生，你别指望我把你当人看，"医生冷笑着说，"所以我的想法也是你无法理解的。我要是能肯定他们在说胡话——我敢说他们至少有一个人在发高烧。我一定要离开这儿,不管我自身会遇到多大的危险,也要尽我一个做医生的职责去看看他们。"

"恕我直言,先生,你这样做是非常危险的,"西尔弗说,"这会使你失去宝贵的生命。如今我们并肩而战,我不愿看到我方的力量被削弱,更不愿听到你遇到不测。要知道,我对你可是感恩戴德呀。可是山下那帮背信弃义的家伙弄不好会恩将仇报的。"

"这倒是,"医生说,"你是个说话算数的人,我们可领教过了。"

关于那三个海盗,我们最后得知的消息便是这些了。只有一次,我们听到老远一声枪响,估计他们是在打猎。我们经过商议,决定把他们扔在这个岛上。这个决定得到本·葛恩和葛雷的坚决拥护。我们留下相当多的弹药,一大堆腌羊肉、一部分药品以及工具、衣服、一张多余的帆和十来英尺绳子等生活必需品。根据大夫特别提出的建议,我们还留下了相当多的烟草。

我们在岛上无须再做什么了,我们把财宝装上了船,贮备了足够的淡水,把剩余的山羊肉也带走了,以防万一。在某天早上,我们一切都准备妥当,终于起锚登程,把船驶出北汊。

不久,我们就发现那三个家伙要比我们想象中精明,他们密切注意着我们的一举一动。船通过海峡时,离南面的岬岛非常近;我们看到他们三个人一起跪在那里的尖沙嘴上,举起双手做哀求状。我们都不忍心把他们扔在这孤岛上,但是我们也不想惹火烧身。如果把他们带回国去,他们也必将被送上绞架。于是,大夫向他们喊话,告诉他们我们留下了补给品给他们,并告诉他们上哪儿去找。可他们还是呼叫我们的名字,哀求我们看在上帝的份上可怜可怜他们,不要让他们死在这个地方。

第二十六章 | 尾　声

最后，他们看船丝毫没有停下来的意思，其中一个便大叫一声跳起来，举起滑膛枪就放。一颗子弹嗖的一声从西尔弗头顶上飞过，把主帆打了个窟窿。

在这以后，我们不得不躲在舷墙后面。我再次探出头来时，尖沙嘴上已看不见他们的踪影，连尖沙嘴本身也变得愈来愈模糊了。关于这三个人我知道的也仅仅是这些了。将近中午时分，藏宝岛最高的岩峰也沉到蔚蓝色的地平线下去了。这一切让我无比兴奋。

我们的人手实在少得很，船上的每一个人都得出一份力。只有船长躺在船尾的一张垫子上发号施令。他的伤势虽然大有好转，但还需要静养。考虑到我们如不补充水手，返航时恐怕会有危险。所以我们打算把船靠在西属美洲最近的一个港口。由于风向不停地转换，再加遇上两次大风浪，我们到达那个港口时都已累垮了。

当我们在一个陆地环抱、景色优美的海港里下锚时，太阳已经落山。许多小船立即围住我们，船上的黑人、墨西哥人、印第安人和混血儿纷纷向我们兜售水果蔬菜。特别是华灯初上的小镇景象，简直太可爱了。同我们在岛上时那种杀机四伏、血雨腥风的气氛形成鲜明的对比。医生和乡绅准备带我上岸去玩一个晚上，把本·葛恩和西尔弗留在了船上。在城里，他们碰到了一艘英国军舰的舰长，并同他聊了起来，还到他们的军舰上去了。总之，我们玩得很高兴。

天快亮时，我们回到了伊斯班袅拉号上，甲板上只有本·葛恩一个人。我们刚一登上大船，他就比比画画地急于向我们忏悔：西尔弗跑了。是这个被放荒滩的水手在几个钟头以前放他坐驳船逃走的。本·葛恩要我们相信，他这样做纯粹是为了保住我们的性命。他说要是那个只有一条腿的人留在船上，我们总有一天会死在他手上。但事情并未完，那个厨子不是空手走的，他趁人不备凿穿舱壁，偷走了一袋值三四百基尼的金币。这下子，他今后的漂泊生涯可不用犯愁了。

我们大家都为这么容易就摆脱了他而感到高兴。

我们在补充了几名水手后，一路平安回到英国。当伊斯班袅拉号抵达布里斯托尔时，布兰德利先生正考虑组织一支后援队前来接应我们呢。

随伊斯班袅拉号出航的全体人员只有五个人归来，其余的全都见了阎王。当然，我们的遭遇还没有像歌中唱到的另外一艘船那样悲惨：

七十五个汉子驾船出海，
只剩一人活着回来。

我们每个人各分得一份丰厚的财宝。至于这笔钱怎么个花法，那要根据每个人的意愿了。斯莫列特船长现已退休，不再航海了。葛雷不仅没有乱花他的钱，还用功钻研航海技术。这是出于一种想出人头地的强烈愿望，现在他是一艘装备优良的大商船的合股船主兼大副。他结了婚，还做了父亲。

至于本·葛恩分得一千磅后，在三个星期内就把这笔钱花掉了。还不到三个星期，更确切地说，只有十九天，因为到第二十天，他已变成一个乞丐了。好心的乡绅给了他一份看门的差事，他一直做到现在。乡下顽童非常喜欢他，总喜欢拿他开心。每逢星期日和教会的节日，教堂里总少不了他的歌声。

至于西尔弗，我们再也没听到关于他的任何消息。我们总算彻底摆脱了这个可怕的瘸腿海盗。不过，我相信他一定找到了他的黑老婆，还带着"弗林特船长"，也许过得挺舒服。我看就让他舒服几年吧，因为他到另一个世界想过好日子，可不是一件容易的事。

据我所知，银锭和武器至今仍在原来弗林特埋藏的地方，我倒希望那些东西永远留在那里。现在无论如何我也不想回到那个该死的岛上去了。我在最可怕的噩梦中总是听到怒涛拍击海岸的轰鸣声。有时，我会从床上猛然跳起来，而"弗林特船长"尖锐的叫声——"八个里亚尔、八个里亚尔"还在我耳边回荡着……